もうすぐ死ぬ悪女に転生してしまった
生き残るために清楚系美女を演じていたら
聖女に選ばれました

パティ
メアリーと同じ聖女候補で、
乙女ゲーム
『聖なる乙女の祈り』の主人公。
メアリー
ノーヴァン伯爵令嬢。
聖女候補として育てられながら、
庶子だからと継母に虐げられてきた。
前世の記憶を思い出し、
自分の運命を変えようと奮闘する。
登場人物紹介

カルヴァン
ハロルドの護衛を務める騎士。硬派に見えるが結構遊び人。
クリフ
平民出身だが、天才と名高い魔導士。
ハロルド
アニスヴィヤ王国の王子。腹黒く、目的のためなら手段を選ばない。
ルーフォス
メアリーの異母兄。潔癖な性格で、庶子の妹を軽蔑している。
エイベル
フランティード侯爵令息。天真爛漫だが気まぐれなとこがある。

第一章　悪女メアリーは生き残りたい

「お前には失望したよ。メアリー」

「お父様……」

大きくふりかぶられた父の右手が、メアリーの左頬を打った。

冷たい瞳を向けられ、自分は父の期待に応えられなかったのだという深い絶望に襲われる。

（もう、死んでしまいたい……）

そう思った途端、メアリーの脳裏に見覚えのない映像が広がった。

そこは見たこともない世界で、ニコニコと微笑む女性の姿がある。

彼女はメアリーとまったくちがう姿なのに、なぜかハッキリとこう思った。

（あれって私……だよね？）

その楽しそうな『私』は、時間とお金をつぎこんで『聖なる乙女の祈り』という乙女ゲームを熱心にプレイしている。

（そうそう、イラストが綺麗で、声優も豪華で、ストーリーも最高で、すごくハマってて……）

『私』は携帯ゲーム機を握りしめながら「はぁ」とため息をつくと、ベッドの上をゴロゴロと転がった。

「私が死んだら、絶対このゲームの世界に転生したい！　モブでもなんでもいいです！　お願い神様！」

　不思議な映像はそこで途切れ、メアリーは我に返る。

　父の姿はすでになく、メアリーは自分の部屋に一人取り残されていた。

（なに、今の……あれ、転生したいって思ってたのは『私』で……これって、夢……？）

　父に打たれた頬が熱を持ち、これが夢ではないと教えてくれる。見慣れたはずの部屋を見渡すと、そこは中世ヨーロッパ風の豪華なインテリアで埋めつくされていた。

（えーと、待って待って。もしかして、本当に転生？　これ、私の願いが叶っちゃってる⁉）

『前世の自分がなにをしていたのか』とか、『どうして死んでしまったのか』などの詳しいことは思い出せない。ただ、『聖なる乙女の祈り』のゲーム内容だけは鮮明に覚えている。

「やったー！　やったー！」

　メアリーはぴょんぴょんと飛び跳ね、部屋にあった姿見で己の姿を確認する。

「うっわ、誰これ⁉　すっごい美人！　モブでもいいですなんて言ったのに、こんな美人にしてくれるなんて！」

　メアリーは「神様、ありがとー！」と叫ぶと豪華なベッドにダイブした。

「あー、ダメダメ。今の私はメアリーっていう貴族の令嬢なんだからね。はしたない行動は慎まないと……」

前世の記憶とメアリーとしてここまで生きてきた記憶。その両方があるので、慣れるまで少し違和感があるかもしれない。

メアリーはベッドから起き上がると、今の状況を声に出して確認しはじめた。

「えっと、私はアニスヴィヤ王国、ノーヴァン伯爵家のメアリーね。でもあれだわ、正妻の娘じゃなくて、伯爵がメイドに手を出して産ませた子ども。だから、庶子ってやつね」

そのせいで伯爵夫人にこれでもかとイジメられ、異母兄には軽蔑され、唯一メアリーが聖女になることを期待して目をかけてくれた父にもたった今、見捨てられたところだ。

「あーこりゃ、メアリーさん、人生に絶望するわ」

ただ、前世の記憶を思い出した今は、メアリーであってメアリーでないので、この世界の家族のことはもうどうでも良くなっていた。

メアリーはもう一度鏡を見る。鏡の中の女性は白くきめ細かい肌に、輝く黄金色の美しい髪。そして、どこか影がある青い瞳が色っぽい。胸は豊かで腰が細く、手足もモデルのようにスラッとしていた。

「うーわ、私好みの儚げ美女だわぁ。でも、ゲームにこんなキャラいたかな？　メアリー……メアリー……？」

そういえば、ゲームの主人公を陥《おとしい》れようとする悪女がメアリーという名前だった。

「え？　嘘。メアリーって、悪女のメアリー・ノーヴァン？」

『聖なる乙女の祈り』は、主人公であるパティが攻略対象の聖騎士たちと恋をしながら聖女を目指すゲーム。

　そこにライバルとして登場するメアリーはパティと同じ聖女候補で、ありとあらゆる陰湿な嫌がらせをくり返し、最終的にパティを殺害しようとする悪女だ。どれだけ嫌がらせをされようと、いつも明るく朗らかなパティと違い、ゲームの中のメアリーはキツい顔立ちの傲慢で暴力的な女性だった。

　けれど鏡の中のメアリーは、どちらかというと大人しそうな印象だ。

（そういえば、私、庶子だからってバカにされないようにわざと濃いメイクしてたっけ……。今思うと似合ってなかったし、もったいないことしたわね）

　ちなみにゲームでのメアリーは、パティがどのルートへ進もうと必ず死んでしまう。タイミングと死に方がちがうだけで、死の結末は免れない。

　そして、今。聖女となるべく神殿でパティと競い合っていたはずのメアリーは、ゲームのストーリーと同様に、パティへの殺害未遂容疑をかけられ、家に謹慎させられている。明日になればパティに心酔した聖騎士たちがメアリーを拘束しに来るだろう。多くのルートではそのまま断罪されてジ・エンドだ。断頭台へのカウントダウンはすでに始まっている。

「あ、れ？　もしかして、私……もう手遅れ？　こういうのって、普通なら子ども時代に前世の記憶を思い出して『これから悪女を回避するために頑張るわ』って話になるんじゃないの!?」

　それなのに、メアリーには散々パティをイジメた記憶があった。メアリー自身、子どもの頃から伯爵夫人にイジメられてきたのでイジメ方には事欠かず、ありとあらゆる方法でパティをイジメてきたのだ。

「でも私、殺そうとまではしてないのに……」

今までのメアリーの記憶を思い出しても、パティを殺害しようと思ったことはなかった。

メアリーの目的はあくまで自分が聖女になることだ。

（メアリーは聖女になって、一度でいいからお父さんに笑顔で褒めてもらいたかったんだよね……。こうして考えてみると、パティをイジメたことは、本当に悪いけど、メアリーも結構可哀想な子だわ。しかも、身に覚えのない罪で裁かれそうになっているということは、誰かがメアリーを殺そうとしているってことじゃない……？）

大好きなゲームの世界を楽しむどころか、命を狙われている。

「とりあえず、生き残ろう……。まず、それだ」

メアリーはなんとしてでもこの世界で生き残る覚悟を決めた。

そうと決めたら、聖騎士たちに気に入られるように立ち回るしかない。メアリーがたどる結末のほとんどは、聖騎士に殺されるものだからだ。

そのためにメアリーは、まず外見を整えることにした。クローゼットを開けると、そこには赤や黒の派手なドレスが並んでいる。

（いやいや、こんないかにも『悪女です！』みたいな服を着てたら私の印象最悪だよ！）

明日メアリーを拘束しに来る聖騎士たちは、皆、ゲームの攻略対象者だ。彼らが恋に落ちるのは清楚で可愛らしい主人公のパティなので、正反対のメアリーに好印象を抱くはずがない。

メアリーは泣きたい気分でクローゼットをあさる。その結果、飾り気のない白のワンピースを見つけた。

(あ、これ、聖女選抜の時に無理やり着せられたワンピース)

あの頃のメアリーは「高貴な私にふさわしくない！」とキレて暴れたが、今見ると袖《そで》や裾《すそ》のレースが上品でとても可愛らしい。

(これを着よう！)

いそいそと着替えると、今度はメイクに取りかかる。

(濃いメイクはダメ。聖騎士たちは皆、パティみたいな清楚系が好きだからね)

聖騎士たちに命乞いをするにしても、見るからに性格の悪そうな女が泣きつくより、清楚で可憐な女が泣いたほうが印象はいいはず。メアリーは大人しそうな顔を隠さない程度に薄くメイクをする。

メイクや着替えを手伝ってくれるメイドなんていない。この家には、メアリーの味方はいなかった。もし、少しでもメアリーをかばおうものなら、伯爵夫人の怒りを買ってすぐに辞めさせられてしまうからだ。

鏡に映った姿を見て、メアリーは満足そうにうなずいた。

「なかなかの清楚系美女。影のある目元が薄幸そうでいいわ。あと、これね、背中の傷」

さっき着替える時に見えたメアリーの背中には、伯爵夫人に叩かれたり物を投げつけられたりしてできたアザや傷が残っていた。

「傷は聖なる力で治せるけど、私、身体が固くて背中まで手が届かなかったのよね……」

メアリーは子どもの頃から聖なる力が強く、傷を負っても自分で治すことができた。けれど治療するには傷に触れる必要があり、手が届かない場所はどうしようもない。だからメアリーは背中が見えるドレスを決して着なかった。

「もう最悪の場合、聖騎士どもに、この背中の傷を見せて『ずっと虐待されてました～』って泣きついてやるわ」

プライドが高かった以前のメアリーは、夫人から虐待を受けていることを必死に隠していたが、今はもう守るプライドもない。

「使えるものはなんでも使って生き延びてやる！」

鼻息荒く立ち上がると、くらりとめまいがした。お腹がキュルキュルと切なそうな音を立てる。

「あー……お腹すいた」

この部屋に閉じこめられてから、まともに食事をもらえていない。

「ダメだわ。このままだと命乞いする前に、空腹でぶっ倒れるかも……」

仕方なくメアリーは自室の扉をそっと開けた。メイドの姿はないが、その代わりに、こちらをにらみつける異母兄ルーフォスの姿があった。ルーフォスは聖騎士がまとう藍色の騎士服を着て、腰に剣を帯びている。

(そうそう、ルーフォスも聖なる力が強いから、聖騎士の一人に選ばれているのよね……)

ルーフォス・ノーヴァンは、父がメイドに産ませた庶子のメアリーを軽蔑していた。面と向かって「汚らわしい」と言われたこともある。

（きっと、私が逃げないように監視しているのね）

殺害未遂の容疑者にもかかわらずメアリーが今こうして伯爵家の屋敷にいるのは、このルーフォスの存在が大きい。潔癖にも近いルーフォスなら、たとえ身内でも犯罪者を逃がすことはないという判断で、メアリーは牢屋ではなく家での謹慎——という名の軟禁で済まされた。

そして、このルーフォスは、乙女ゲーム『聖なる乙女の祈り』の攻略対象者の一人だ。

（あーあ。ゲームでのルーフォス・ノーヴァンは、大好きだったのになぁ）

メアリーと同じ金髪碧眼のルーフォスは、鋭い印象の美青年だ。

ゲームでは毒親の伯爵夫人と、性悪の異母妹メアリーによって深く傷つけられ、女性を嫌悪するキャラだった。そんなルーフォスの凍りついた心を、ゲーム主人公のパティが溶かし、癒していく、というのが彼のルートのシナリオだ。何度冷たくあしらわれても、優しく微笑みかけてくれるパティに少しずつ少しずつ心を開いていく……そんなルーフォスに、ゲームではとてもときめいていたのに。

メアリーは改めて目の前のルーフォスを見る。確かにゲームと同じように美しい顔をしているが、少しもときめくことはない。

（だってさ、コイツ、メアリー視点だと、腹違いとはいえ虐待を受けている妹を助けもしないどころか「汚らわしい」とか言ってくる最低野郎だよ？　なに自分だけ被害者ぶってパティに癒してもらってんの？　一発ぶん殴ってやりたいわ）

そうは思っても、彼も聖騎士なのでメアリーが生き残るには媚《こ》びを売るしかない。

「おに……」

お兄様と呼ぼうとすると、ルーフォスの顔が汚いものを見るように歪んだ。

（あ、そうそう。コイツ、私にお兄様って呼ばれるの嫌がっていたっけ）

それでもなんとか家族として認められたかったメアリーは、しつこく「お兄様」と呼んでさらに嫌われていた。

メアリーは、ワンピースの裾《すそ》を持つと、いつもより深くルーフォスに頭を下げた。

「ルーフォス様、この度は大変申し訳ございません」

ルーフォスはさらに顔を歪めて「謝って済む問題とでも思っているのか？」と吐き捨てるように冷たく言い放つ。

「いいえ、ルーフォス様のおっしゃる通り、汚らわしい私などが伯爵家に足を踏み入れたのが間違っておりました」

頭を下げて、ルーフォスに顔が見えないのをいいことに肩を震わせ、泣いているふりをする。

そんな妹を鼻で笑いながらルーフォスが放った言葉がこれだ。

「ようやく自分の立場を理解したか」

（うーわ、ないわぁ。お前にパティはもったいない）

メアリーが知る限り、パティはゲーム通りの美しく心優しい女性だった。メアリーにいくらひどいことをされても、彼女が怒りを露わにすることはなかった。ただ、静かに悲しそうな瞳をこちらに向けるだけ。

（ああっ、本当にごめんね。パティ）

今すぐ彼女の足にすがりついて泣きながら今までのことを謝罪したい。そう思うと本当に涙がにじんできた。

そうしているうちに、また空腹でめまいを感じる。

（う、お腹がすきすぎて気分が悪い）

くらりと身体がかたむくと、ルーフォスはすばやく剣を引き抜きメアリーに突きつけた。

「なんのつもりだ？」

メアリーは床に両膝を突いてルーフォスを見上げた。

威嚇するように向けられたルーフォスの鋭い刃がメアリーの頬に当たり、薄く肌を傷つける。痛くはない。聖なる力のおかげで、これくらいの傷で痛みを感じることはない。

「申し訳、ありません。空腹でめまいが……」

ルーフォスは鼻で笑うと「浅ましい」とつぶやき、その場を立ち去った。去り行く背中をにらみつけ、メアリーはたった今できた頬の傷にそっと触れた。

（いいものをもらったわ）

今までのメアリーなら、すぐに傷を消していたが、今はこの傷すら生き残るための武器になる。

（聖騎士ルーフォスが女の頬を傷つけて平然としている男だと知ったら、パティや他の聖騎士たちはどんな顔をするかしらねぇ？）

心優しいパティはそれでもルーフォスを受け入れるのだろうか？

（それに、庶子なのは、実は私だけじゃないのよねぇ。お兄様はその方にも『汚らわしい』って言うのかしら？）

この乙女ゲームをプレイし尽くした記憶を持つ今のメアリーだからこそ知る秘密がたくさんある。それを使えばルーフォスに復讐することもできそうだ。

メアリーは悪女の名にふさわしい、不敵な笑みを浮かべた。

（まぁ、それより今は、なにか食べないとね）

メアリーは立ち去ったルーフォスが戻ってこないことを確認してから、厨房に向かった。この屋敷は、貴族と下働きで居住場所を完全に分けている。一ヶ所は細い通路で繋がっていて、騒がしい厨房は下働きの居住区にあった。

（今までの私だったら、暴れてメイドたちに『食事を運びなさい』って叫んでいたけど、そんなムダなことはもうしないわ）

食事が運ばれてこないなら、直接厨房に行って食料を確保すればいい。途中で何人かのメイドとすれ違ったが、皆、不思議そうな顔をしていた。もしかすると、今までのメアリーと服装やメイクが違いすぎてメアリーだと気がついていないのかもしれない。

メアリーが厨房に顔を出すと、コックと三人のメイドたちが戸惑ったように声をかけてきた。

「なにかご用でしょうか？」

メアリーは人差し指を立てて「静かに」とささやいた。そして、厨房を物色しはじめる。

「あ、あの……？」

戸惑うコックに「ネズミが入ったと思って見逃して」と伝えると、彼は「え？　メ、メアリー様？」と今頃気がついたように驚いて声を上げる。

「あの、メアリー様……」

コックはなにかを言いたそうに自分の手を何度もさすっている。

「わかっているわ。伯爵か伯爵夫人に、私に食事を出さないように言われているのでしょう？　でもお腹がすいたの。私は、明日にはいなくなるからお願い、見逃して」

懇願《こんがん》するように見つめると、コックの頬が赤く染まる。

(どうだ、薄幸美女のお願いの威力は!?)

コックとメイドたちは顔を見合わせると、なにも言わずにパンやらクッキーを渡してくれた。

(こんな簡単に、人が思い通りに動くなんて……)

これは今のメアリーが庇護欲をそそる風貌をしていることだけではなく、厨房で働く人たちが、以前のメアリーとあまり顔を合わせていなかったのも良かったのかもしれない。

「あ、ありがとう」

少し感動してしまい礼を言うと、メイドの中で一番年が若そうな少女が顔をしかめながら叫んだ。

「やっぱりこんなのおかしいですよ！　お嬢様、これも食べてください！」

少女が作りたてのスープをお皿に注ごうとして、年配のメイドが慌てて止める。

「やめな、ラナ！　奥様に鞭《むち》で打たれたいのかい!?」

ラナと呼ばれた少女は泣きそうな顔で唇を噛みしめる。メアリーは彼女にそっと微笑みかけた。

「これだけあれば大丈夫よ。気持ちだけいただいておくわ。ありがとう」

これ以上厨房にいると、ここにいる人たちに迷惑をかけてしまう。

メアリーはパンとクッキーを胸に抱えると、そっとその場を後にした。幸いなことに帰りは誰にも会うことなく、自分の部屋まで無事に戻ることができた。

部屋の中でパンをかじり、飢えを満たして、水を飲む。

(この世界のいいところは、建物の造りが中世ヨーロッパ風なだけで、上下水道が完備されてて衛生的なところよね)

電気はないが、その代わりに魔法の力でなんとかなっているらしい。『ここらへんの設定がふわっとしているのも、乙女ゲームらしいわね』とメアリーは納得することにした。

そのふわっとした設定のおかげでメアリーの部屋には洗面台と風呂がついている。なので、水は飲み放題だ。

窓の外を見ると、もう日が暮れはじめていた。

(食べ終わったら、お風呂に入ろうっと。髪も洗って綺麗にしておかないと)

聖騎士たちに命乞いをする清楚系美女は、もちろん清潔なほうがいいに決まっている。

「できることは全部しておかないとね」

そうつぶやくと、メアリーは明日が怖いような楽しみなような、不思議な気分になった。

次の日の朝。メアリーは太陽が昇ると同時に起きて、念入りに身支度を整えた。昨日練習した薄めのメイクを施し、昨日着ていた白いワンピースをもう一度着る。

（できるなら洗濯しておきたかったけど、それは仕方ないわね）

長い金髪を丁寧にとかすと、サラサラのストレートになった。金糸のように美しい髪が、朝日を浴びてキラキラと輝いている。

（いつも派手に巻いていたけど、こっちのほうがいいわね）

鏡の前でくるりと回ると、自分で自分の姿にうっとりしてしまう。

（はぁ。私、イケメンももちろん好きだけど、儚げな美少女や美女のキャラクターも大好きなのよね……。我ながら最高の出来だわ）

しばらくすると、外が騒がしくなった。窓から様子を窺《うかが》うと、どうやら聖騎士たちがメアリーを拘束しに来たらしい。

（とうとう来たわね……）

メアリーは何度も深呼吸しながら、祈るように両手を握りしめた。これから起こることを考えると、どうしても身体が小刻みに震えてしまう。扉の外で複数の足音が聞こえた。ノックもなく勢いよく扉が開く。

「メアリー・ノーヴァン。聖女候補パティ嬢への殺害未遂容疑でお前を連行する」

そう冷たい声で言い放った赤い髪の男を見て、メアリーは『ついてる！』と内心歓喜した。

赤い髪の男――聖騎士エイベル・フランティードは、侯爵家の令息で、メアリーと同じ庶子だった。もちろん、このことは厳重に隠されているが、ゲーム内ではその事実をめぐって事件が起こり、彼と主人公のパティが協力して解決することになる。

ちなみに、エイベルは聖騎士の中では小柄で、童顔とでもいうのか、可愛らしい顔をしている。ゲーム内では、猫のように気まぐれな行動を取り、主人公のパティに弟のような愛らしさで懐いてくる。もちろん、乙女ゲーム『聖なる乙女の祈り』の攻略対象者の一人だ。

(庶子のエイベルなら、同じ庶子のメアリーに同情してくれるかも⁉)

少しの期待を込めてエイベルを見ると、エイベルはなぜか綺麗な緑色の瞳を大きく見開いていた。

そして、助けを求めるようにルーフォスを見る。

「えっと、メアリーは?」

ルーフォスは無表情であごをしゃくった。

「そこにいるだろう」

「え?」

戸惑うエイベルに、メアリーは静かに頭を下げた。エイベルは「ちがうちがう!」と首をふる。

「ええ⁉　ぜんぜんちがうって!　メアリーってなんかこう、毒々しいというか!　こんな美人じゃなかったじゃん!」

(ハッキリ言うわね……。でも今は美人って認めてるってことよね)

エイベルは誰に対してもこういうあけすけな物言いをするので、以前のメアリーはエイベルのことが大嫌いだった。かつて、エイベルはメアリーに「お前、性格悪いな」と面と向かって言ってきたのだ。

（まぁ、私も否定はできない性格の悪さだったけどさ）

エイベルは未だに信じられないようで「替え玉か!?」とか「魔法か!?」と叫んでいる。そんなエイベルを無視して、ルーフォスはメアリーをにらみつける。

「大人しくついてこい。これ以上、恥を晒《さら》すな」

メアリーがヒステリーを起こし暴れるとでも思っているのか、ルーフォスの手は腰の剣に触れていた。

「はい、ルーフォス様」

わざと他人行儀に頭を下げてルーフォスの後に続く。そんなメアリーの後を、エイベルが納得できないという様子でついてくる。

（私を拘束しに来た聖騎士は二人だけなのかしら？）

ゲームはパティの視点で進むので、メアリーはこのシーンの詳細を知らない。ただし、神殿で聖騎士とパティの前に引きずり出されるメアリーの一枚絵があったので、これから神殿に連れていかれて、断罪イベントが起こることは確実だ。

ルーフォスは馬車の前で立ち止まると「乗れ」と短く命令した。メアリーが大人しく従い、御者が扉を閉めようとするのをエイベルが止める。

「待って待って、僕も乗るから！」

予想外のことに驚いていると、本当に馬車に乗りこんできたエイベルは、メアリーを上から下まで眺めた後に「本当に、君が、あのメアリーか？」といぶかしげに眉をひそめた。

馬車はメアリーとエイベルを乗せてゆっくりと動き出す。

メアリーの向かい側の席に座ったエイベルは、腕を組んで不思議そうにしている。

「うーん、どう見ても別人だ。でも、ルーフォスならたとえ妹でも、容疑者を逃がすとは思えないし……」

真剣に悩むエイベルを見て、メアリーは『これはチャンスかもしれない』と思った。

（せっかくエイベルと二人きりで話せるんだから、思いっきり可哀想な子アピールをしたらいいんじゃない!?）

そう思いついた途端に、メアリーはおびえるように胸の前で両手を抱えた。そして、できる限りか細い声を出す。

「私は本当にメアリーです。それに、ルーフォス様の妹ではありませんので……」

「は？　どういうこと？」

（よし、食いついてきた！）

メアリーは悲しそうに見えるよう目を伏せた。

「私は……その、汚らわしい庶子で、高貴なルーフォス様の妹ではありません。今まで偽っていて申し訳ありませんでした」

返事がないので、チラッと視線を向けると、エイベルは目に見えて顔がこわばっていた。

「汚らわしい、庶子？」

その声には、明らかに怒りが含まれている。

(そりゃそうだよね。自分も庶子だもん)

メアリーは、ここは演技力の見せどころだと思った。ちなみに演技なんて今まで習ったこともないが、やらないと死ぬところまで追い詰められている今ならなんでもできる。というか、もうやるしかない。

「も、申し訳ありません！　わ、私ごときが余計な発言を！」

馬車の窓に顔を寄せ、小刻みに震えながら「ぶ、ぶたないで……」と懇願《こんがん》する。

(どうだ、薄幸美女のおびえる姿は!?)

演技だとバレないように必死に顔を隠してうつむいていると、エイベルが強く自分の両手を握りしめているのが見えた。

「……ぶたれてたの？　庶子だから？」

「い、いえ！　違います！」

必死に首をふると、エイベルはなにかに気がついたようだ。

「その頬の傷は？」

(きた――!!)

メアリーはそっと馬車の外を見る。そこには白馬にまたがるルーフォスの姿があった。慌てて視線をエイベルに戻し「か、階段から落ちました」と、わざとバレバレな嘘をつく。

「階段？　ふざけるな！　これは切り傷だ！　それも剣のような鋭い刃物で……」

そこまで言ってエイベルは黙った。そして、馬車の外にいるルーフォスに視線を送る。

「……まさか、ルーフォスに？」

「ち、違います！　これは、私が悪いから！　私が汚らわしいから！」

エイベルはため息をつくと、赤い髪をぐしゃぐしゃとかき乱した。

「……ちょっと待って。僕は容疑者を拘束して、事件の真相を聞きに来たんだ。どうしてこんな話になってるんだ？」

冷静になろうとしているエイベルに、メアリーは「わ、私じゃありません……」とささやいた。

「は？」

「す、すみません！」

精一杯おびえる演技をすると、エイベルが「ごめん、怒ってないから！」と慌てた素振りを見せた。その様子に、メアリーは思う。

（いや、ほんと外見って大事よね……）

以前の、キツいメイクに毒々しい色合いのドレス、派手な巻き髪で『どこからどう見ても悪女です！』みたいな外見のメアリーであれば、まずエイベルは馬車に乗りこまず、もし乗りこんだとしても、話すら聞いてくれなかっただろう。

（きっと聖騎士に選ばれた連中は、清楚系美女がおびえていたら優しくしたくなるんだわ。アイツら、基本は正義感の強い紳士だもんね。それに、こんな美女なら女の私でも助けてあげたくなるし）

そんなことを考えながら、メアリーはおずおずとエイベルを見た。緑色の瞳がメアリーの次の言葉を静かに待っている。

「私は、お父様から聖女になるようにきつく言われて育ちました。聖女にならないと捨てられてしまいます……。ですから、パティ様に嫌がらせをしました。本当に申し訳なく思っています。ですが、パティ様の命を奪ってまで聖女になろうとは思っていません」

メアリーはそっと目を伏せた。

「……それに、お父様には見限られてしまいました。もう私は聖女なんてどうでもいいです。聖女になれなかった私が生きる意味はなんでしょうか？　今さら保身のための嘘はつきません……。それより、真犯人が捕まらずパティ様の身がまた危険に晒《さら》されないか心配です」

ここでホロリと涙でも流せたらいいのだが、そんな天才子役のような神業はできない。それでもエイベルはなにか思うところがあったようで、それきり黙りこんでしまった。

（これ……大丈夫かな？　背中の傷も見せておいたほうが説得力あったかな？）

そんなことを考えていると馬車が止まった。窓から外を見ると、聖女候補として足繁く通った荘厳な神殿の入り口が見える。

御者が馬車の扉を開くと、エイベルは馬車から降りていった。

（私、ここから生きて出られるのかな……。いや、もうやるしかない！）

覚悟を決めてメアリーも馬車から降りようとすると、エイベルが右手を差し出してきた。メアリーが驚いていると「いいから」とよくわからないことを言う。

（もしかして、エスコートしようとしてくれているの？）

恐る恐るエイベルの手に触れると、エイベルはメアリーの手を軽く握った。

「僕は、君のこと、ずっと勘違いしていたみたいだ」

気まずそうにそうつぶやいたエイベルを見て、メアリーは『コイツ、ちょろいな』と思った。

エイベルにエスコートされながらメアリーが馬車から降りると、白馬から降りたルーフォスが怪《け》訝《げん》そうな顔でこちらを見ていた。

（そりゃそうだわ。聖騎士が容疑者をエスコートしてどうするの）

でもこれは、エイベルがメアリーに同情した結果なのだろう。なぜなら、ゲーム『聖なる乙女の祈り』のエイベルは、メアリーと同じ庶子でも、まったく異なる待遇で育っていたからだ。

エイベルの父、フランティード侯爵は愛妻家で有名だが、夫人との間に子どもができなかった。このままでは、侯爵家を親類に引き継がせなければならなくなる。それなのに夫人が「側室を置いてください」と何度お願いしても侯爵は夫人だけを愛し、首を縦にふらなかった。

追い詰められた夫人は、侯爵に媚薬を盛り、信頼できる女性と関係を持たせた。そうしてできた子どもがエイベルだ。エイベルは侯爵夫人の子どもとして、侯爵夫妻にとても愛され大切に育てられた。

それなのに、同じ庶子のメアリーが、庶子であるというだけでひどい扱いを受けていたと知り、つい同情してしまったようだ。

（でも、エイベルって良くも悪くも自由で気まぐれキャラだから、あまり信用しないほうがいいかも……)

今はメアリーのことを可哀想に思っていても、同じ聖騎士のルーフォスの話を聞いたら、またコロッと態度を変える可能性もある。

隣を歩くエイベルをチラリと見ると、エイベルはメアリーの手をじっと見ていた。

「ちょっと細すぎない？　前はこんなんじゃなかったよね？」

エイベルの言う通り、以前のメアリーは女性らしい柔らかな身体つきだった。メアリーはさらに同情を誘うために、そっと目を伏せた。

「……謹慎を受けてから、なにも食べさせてもらえなくて……。でも、それは仕方ありません」

消えそうな声でそう伝えると、ギリッとエイベルは歯を噛みしめた。そして、怒りのこもった瞳をルーフォスに向ける。

エイベルは、メアリーのことを気遣うような優しい声で話し出した。

「メアリー、君の罪はまだ確定したわけじゃない。パティだけはずっと君は犯人じゃないと言っていてね。伯爵令嬢の君が、無実の罪で牢屋に入れられるのはひどすぎるとパティが言うから、温情で伯爵家での謹慎に留まったのに……そんな扱いを受けていただなんて」

(パティ、私を助けようとしてくれていたのね……ありがとう)

パティには犯罪ギリギリの嫌がらせをしまくったのに、それでもメアリーをかばってくれるなんて。彼女こそ、真の聖女だと今ならわかる。

(でもまぁ、エイベルさんよ。その話が本当なら、『パティだけは』ってことは、アンタはついさっきまで私が犯人だと決めつけてたってことだよね？　まぁ、私の日頃の行いが悪かったのは事実だけど、とりあえず私に一回謝ったらどうなのよ）

思惑通りにエイベルの同情を買うことができたが、心は少しも喜べない。エイベルを殴りたい気持ちを必死に抑えていると、怒りで身体がカタカタと震えた。その震える肩にエイベルがそっと手を乗せる。

「大丈夫。僕がついてる」

（信用できるか――!!）

叫び出したい気持ちをこらえて、メアリーは「あ、ありがとうございます」となんとか返事をした。

メアリーは広い神殿の通路を、ルーフォスにはにらみつけられ、エイベルには優しくエスコートされながら歩いた。誰も一言も話さない。荘厳な空間には、コツコツと三人の足音だけが響いている。メアリーは天井を見上げて軽くため息をついた。

（そもそもさぁ、聖女を聖騎士の投票で選ぶっていう、この国のシステムが悪い）

この世界で聖女になるには、聖騎士たちにその力と人間性を認められる必要がある。ようするに、聖騎士たちから一番人気を集めた女性がこの国の聖女となるシステムだ。

だから、聖女になりたければ、どうしても聖騎士たちの顔色を窺《うかが》わなければならない。

（ゲームプレイ中はなんとも思わなかったけど、なんて不公平なシステムなのよ。聖騎士っていっても普通の男なんだから、そりゃ好みの女性に投票するでしょう）

ちなみに、聖女候補は二人、聖騎士は五人。それぞれ聖なる力が強い者順に選ばれる。

聖女候補は、メアリーとパティ。聖騎士は、ノーヴァン伯爵家の令息ルーフォス、フランティード侯爵家の令息エイベル、あとの三人もゲーム『聖なる乙女の祈り』の攻略対象たちだ。そして悪女メアリーは、この五人の聖騎士全員から嫌われていた。

ゲームではどのルートでもメアリーが死ぬことから、聖騎士たちに嫌われているどころか、隙あらば殺したいくらいに思われていると考えておいたほうが良さそうだ。

（あー、頭が痛くなってきた）

メアリーが額を押さえると、すぐにエイベルが「メアリー、大丈夫？」と声をかけてきた。その様子を見たルーフォスが冷ややかな視線を向ける。エイベルはルーフォスをにらみつけた。

「なんだよ、ルーフォス」

「いや、見事にたぶらかされている、と思ってな」

ルーフォスは、エイベルではなくメアリーを見ていた。

「お前は昔からそういうのが得意だった」

意味ありげに鼻で笑われ、メアリーは首をかしげた。

（は？　男をたぶらかすのが得意だったら、今、こんなことにはなってないっつーの！）

しかし余計なことを言ってエイベルの同情を失うわけにはいかない。

メアリーはエイベルの腕に少しだけ身を寄せると、小さな声で「申し訳ありません。ルーフォス様」とだけつぶやいた。ここでは変に言い訳をするより、ルーフォスにおびえているふりをしてエイベルの想像に任せたほうが良さそうだ。

おびえる薄幸美女の効果は抜群で、エイベルはメアリーを守るようにルーフォスとの間に割って入った。

「ルーフォス、お前いい加減にしろよ！　メアリーは妹だろ⁉　お前がそんなひどいやつだなんて思ってなかった！」

「はっ、妹……ね」

ルーフォスは鼻で笑うと、一人で先に歩き去った。取り残されたエイベルは拳を強く握りしめている。

「庶子は、妹じゃないっていうのかよ……」

メアリーはエイベルの後ろでこっそり『そうだよね、アイツひどいよね』と思いながらうなずいた。

エイベルに優しくエスコートされながら、神殿の一室の扉の前にたどりつく。

（この扉の向こうに、私を殺す聖騎士どもが集まっているのね……）

ちなみにゲームでの断罪イベントの結末は、この時点で主人公パティへの好感度が一番高いキャラクターが誰かによって、二パターンに分かれる。一つ目は、悪女メアリーがヒステリックにわめき散らし、牢屋にぶちこまれるルート。そして二つ目は、悪女メアリーが逆上してパティに襲いかかり、その場で聖騎士に切り殺されるルートだ。

（ちょっと待って。よく考えたら、いくら愛する人を守るためとはいえ、パティの前で人を殺す聖

騎士ってなんなの？　女が一人暴れたくらい、男が五人もいたら軽く取り押さえられるのに……そんなに私を殺したいの⁉）

聖騎士の鬼畜っぷりに心底震えながらも、メアリーは生き残るためにゲームの記憶を必死に思い出す。

（えっと、私を切り殺すルートのキャラクターは、騎士団長のカルヴァンと……エイベル）

隣で心配そうな顔をしているエイベルを見て、メアリーは心の中で『お前かぁ！』と激しく突っこんだ。

（はぁはぁ、落ちつけ、私！　ここは殺されるルートが一つ減ったかもしれないと感謝するところよ！　よし、聖騎士になにを言われても、私は絶対に怒らない！　キレない！　暴れない！）

覚悟を決めたメアリーは、泣きそうな顔でエイベルに向かってうなずいた。エイベルはそれにうなずき返し、扉を開く。

扉の向こうには、異母兄のルーフォスと、騎士団長のカルヴァン、そしてこのアニスヴィヤ王国の王子ハロルドの姿があった。ハロルドは王族にふさわしい豪華な椅子に座っていて、その左にカルヴァン、右にルーフォスが控えている。

（う、うそ、パティと魔導士クリフがいない）

心優しいパティと、平民出身にもかかわらず国一番の魔導士として名高いクリフ。彼らは、このゲームの良心といっていいほど慈悲深いキャラクターだった。

そしてクリフは、ゲームで唯一、メアリーを許して殺さなかった人物でもある。

（結局、クリフルートでも、悪女メアリーは修道院に送られる途中で盗賊に襲われて、殺されてしまうんだけどね……）

『なんて悪女に厳しい世界なの？』と嘆かずにはいられない。

そんな二人がいないこの部屋は、まさにメアリーにとって針のむしろだ。

（どういうこと？　ゲームではパティと攻略対象たち全員がいるはずなのに。もしかして、私が前世の記憶を思い出したから、ストーリーが変わったとか？　……でもそれなら、うまくやれば生き残れるかもしれない）

震えながら部屋に入ると、エイベルが「ハロルド殿下。メアリー・ノーヴァンを連れてきました」と報告する。そして、エイベルは『大丈夫だよ』とでも言うように、ぎゅっとメアリーの手を握った。

（や、やめて⁉　この状況で優しくされたらすがりつきたくなるから！）

エイベルの手の温かさに泣けてくる。

ルーフォスからは忌々《いまいま》しげな舌打ちが聞こえ、ハロルド王子とカルヴァンはお互いに顔を見合わせていた。しばらくして、こちらに向き直ったハロルド王子が、紫水晶のように美しい瞳を優しげに細める。

「ご苦労だったね、エイベル。それで、メアリーはどこにいるのかな？」

そう言いながら、ハロルドが柔らかそうな自身の黒髪を耳にかけた。その仕草には気品が漂っている。エイベルはメアリーを見つめて「彼女がそうです」と答えた。

「へぇ、女性は化粧や服装で変わると聞くけど、ここまで変わるものかな」

ハロルドがルーフォスに視線を送ると、ルーフォスが「間違いありません」と無表情で答えた。

「まぁ、身内がそう言うなら、とりあえず信じることにしようか」

『身内』という言葉にルーフォスのこめかみが不快そうにピクリと動いたが、メアリー以外は気がつかなかったようだ。

ハロルドは「カルヴァン、説明を頼んだよ」と穏やかに伝えると、メアリーを見つめて優しい笑みを浮かべた。その途端、メアリーの背筋に冷たいものが走る。

(これは、腹黒王子の、マジギレ微笑……)

ゲームでのハロルドは優しそうな言動とは裏腹に、とんでもなく腹黒いキャラとして描かれていた。

(前世の記憶を思い出すまでそのことを知らなかったから、私、王子の票が欲しくて色仕掛けしようと近づいたことがあるのよね……)

もちろん、そんなものはまったく通用せず、さっきのような笑みを浮かべた王子に優しく追い返された。

(バカ、私のバカ！　死にたいの!?)

自分の黒歴史を悔やみながら、メアリーは目を閉じた。

書類を読み上げるカルヴァンの低い声が部屋に響く。内容は、聖女候補パティのお茶に毒が盛られていて、危うくパティが殺されるところだったというものだ。その犯人がメアリーだと証言している者がいるらしい。

カルヴァンは威圧するように「メアリー・ノーヴァン。申し開きはあるか？」と言い放った。

（私は……私は、絶対に、生き残ってやる！）

覚悟を決めてゆっくりと目を開き、メアリーはハロルドを静かに見つめた。

「私ではありません。私はやっておりません」

あくまで冷静に。かつ、どこか儚げに見えるようにメアリーはそっと目を伏せた。緊張と恐怖から、うっすらと涙がにじむ。

（ど、どう？　涙を浮かべておびえる美女の効果は？）

ハロルドを見ると、相変わらず微笑を浮かべながらメアリーを見つめていた。

（ううっ、自分の美しい顔を見慣れている美形王子は、おびえる美女くらいでは心を動かされないか！　どうすれば……）

ここは、エイベルの時のように、可哀想な子アピールをしたいところだ。

（なんとかそっちに話を持っていけないかしら？）

メアリーはうつむきながら「しょ、証人とは、どなたなのでしょうか？」と震える声で聞いてみた。ちなみに、震えているのは演技ではない。部屋に入った時からずっと震えが止まらないのだ。エイベルが左手を握ってくれていなければ、恐怖で立っていられなかったかもしれない。それくらい、この部屋はメアリーの死に直結している。

カルヴァンがハロルドに視線を向けると、ハロルドは笑顔のままうなずいた。それを見たカルヴァンの「証人をここへ」という言葉で扉が開かれ、一人のメイドが入ってきた。そのメイドの姿にメアリーは目を見開く。

（証人って、伯爵家からついてきた、私付きのメイドじゃない！）

正確には、伯爵夫人がメアリーに嫌がらせをするために無理やりあてがったメイドだ。そのせいで、聖女候補として神殿で過ごす間もネチネチと彼女から嫌がらせを受けていた。

メイドは清楚な姿になったメアリーを見て一瞬驚いた表情をしたものの、すぐに涙を浮かべて聖騎士たちに訴えかけた。

「私、メアリーお嬢様に脅されたんです……パティ様のお茶に毒を入れなければひどい目に遭わせるって……！」

（アンタ、なに言ってんの？　私を犯人にでっちあげて、ノーヴァン伯爵家を潰すつもり⁉）

そこでメアリーは、ハッと気がついた。

（ああ、そっか。伯爵がメイドと浮気してできた子の私だけじゃなく、自分を裏切った夫もろとも、ノーヴァン家を潰そうってのが伯爵夫人の魂胆なのね）

たとえ伯爵家が潰れたところで、聖騎士に選ばれた息子ルーフォスが罪に問われることはないし、伯爵夫人は、伯爵と離婚して裕福な実家に帰ればいいだけだ。

（なるほど。私は今、伯爵夫人の差し金で無実の罪を着せられて殺されそうになっているのね？伯爵家なんてどうなってもいいけど、私が生き残るためにやることは一つ！　今から、この嘘つきメイドと証言媚《こ》び売りバトルよ！）

「証言」とは、ある事柄の証明となるように、体験した事実を話すこと。「媚《こ》びを売る」とは、相手の機嫌を取るために気に入られようとすること。

（ようするに、これから私は、聖騎士に気に入られるような態度を取りつつ、『自分はパティのお茶に毒を盛っていません』とアピールしないといけないのね。それができなかったら、この嘘つきメイドのせいで、ここで私は殺されてしまうってことだわ）

嘘つきメイドの演技力は天才子役並みらしく、目にうっすらと涙を浮かべている。

（このメイド、嘘泣きがこんなに自然にできるなんて……。やるわね）

感心している場合ではないが、腹黒ハロルド王子の許可なく話すのが怖すぎて、メアリーは黙ってメイドの証言を聞いていた。

「メアリーお嬢様は、普段から気性が荒く、私はいつも手を上げられていました。この前も、神殿での食事中にお皿を投げつけられて……」

そう言いながら、メイドは服の袖《そで》をめくる。そこには青いアザがあった。

（それは、アンタが私の食事に虫を混ぜたから、私がブチギレたんでしょうが！　毎回毎回、地味な嫌がらせしてきて、そりゃ皿も投げつけるわよ！）

ハロルドは、笑顔のまま「うんうん」とうなずくと、メアリーに視線を向けた。

「メアリーは、なにか言いたいことはあるかな？」

王子の優しげな紫色の瞳が怖い。だが、このチャンスを逃すわけにはいかない。メアリーは、嘘泣きはできないので悲しそうにそっと目を伏せた。

「あの時は、お皿の中に虫が入っていたので、驚いてお皿を投げてしまったんです。当てるつもりはなくて……ごめんなさい。……あの、神殿の食事にはよく虫が入っていますよね？」

最後の言葉は、隣にいるエイベルにわざと不思議そうに聞いてみた。

（フッフッフ。ここは、ただ事実を突きつけてメイドを責めるより、このメイドになにをされてきたか、他の人に察してもらったほうが同情を引きやすくなるはず）

予想通りエイベルは、緑色の瞳をスッと細めてメイドを見た。

「そんなこと、今まで聞いたことがないけど？　メアリーに食事を出す前に、お前は気がつかなかったのか？」

エイベルににらみつけられて、メイドはビクッと身体を震わせた。だがすぐに涙を浮かべて「そんなはずありません！　お嬢様が嘘をついているんです！」と言い返してきた。

「お嬢様は私に怒鳴ってばかりで、パティ様のことも『殺してやりたい』といつもおっしゃっていました！」

（確かに以前の私は怒鳴ってばっかりだったし、パティのことは殺してやりたかったけど、今はちがうから。あと、そんなにキャンキャンほえると、そこの腹黒王子に消されるわよ）

ああいうタイプは、ヒステリックな女には厳しいものだ。

（でも、この流れなら、私も自然に可哀想な子アピールができるわ）

メアリーはエイベルに頭を下げると、握られていた手を放してもらう。

「ハロルド殿下。お見苦しいものをお見せしますが……」

ワンピースのボタンを外すと、メアリーは後ろを向いて胸元を押さえながら、ワンピースを肩までおろした。アザと傷だらけの背中が見えたのか、隣でエイベルが息を呑む。

静まり返った部屋の中で、メアリーはか細い声でつぶやいた。

「暴力をふるわれているのは私です。そのメイドは嘘をついています」

メアリーが言い終えると、エイベルは慌ててワンピースを上げて背中を隠した。彼の可愛らしい顔が今にも泣きそうに歪んでいる。そっと腹黒王子の様子を窺《うかが》うと、優しげな笑顔は消え、少し驚いたように目を見開いていた。

(効果はあったようね)

嘘つきメイドのほうは、頬を引きつらせている。

(評判の悪い悪女の私なら、簡単に罪をかぶせられると思っていたでしょう？　以前の私はすぐにキレて暴れていたもんね。人に弱みを見せて命乞いするような女じゃなかったもの。ふふ、まだまだ、攻めるわよ)

「……私がパティ様に嫌がらせをしてきたのは事実です。そのことについてはどのような罰でもお受けします。ですが、この事件は別です！　このまま真犯人が捕まらなければ、またパティ様が危険な目に遭ってしまいます。それだけは避けたいのです」

メアリーは乙女が祈るように胸の前で両手を合わせる。チラッとメイドを見ると、怒りで顔を赤くしていた。

「皆様のお話を聞く限り、この事件は殺害未遂で、パティ様は生きていらっしゃるのですよね？

毒を飲まれてしまったパティ様はご無事ですか？」

　この質問には騎士団長のカルヴァンが答えた。

「パティ嬢は毒が入ったお茶に口をつけていない」

　メアリーはホッと胸をなでおろす。メアリーと同じく聖なる力の強いパティは毒程度では死なないと、ゲームの知識で知っていた。けれど、まったく効かないわけではない。今彼女がこの場にいないのは、毒を飲んでしまって苦しんでいるからかもしれないと、少し心配していたのだ。

（だけどこれだけ騒ぎたてるってことは、聖女候補が毒くらいでは死なないって、皆、知らないようね）

「良かったです……。でも、カルヴァン様。それならどうして毒入りだとわかったのですか？」

「その場にいたクリフが気づいたのだ。パティと二人でのお茶会だったらしい」

「そうでしたか」

　天才魔導士クリフなら、毒入りのお茶を瞬時に見分けるくらい簡単なことなのだろう。メアリーは困ったような顔を作り、嘘つきメイドを見つめた。

「それでは、どうして私の参加していないパティ様とクリフ様のお茶会に、私付きのメイドであるあなたが居合わせたのですか？　私に脅迫されたと言いますが、もしそれが嘘なら毒入りのお茶をパティ様に飲ませようとしたのは、あなた自身ということになりますよね？」

　メイドの顔が青ざめた。ようやく、自分が犯人だと疑われていることに気がついたようだ。カタカタと震え出したメイドを見て、ハロルド王子は優しく微笑んだ。

「うん、話はよくわかった。メアリーよりこのメイドに詳しい話を聞いたほうが良さそうだね」

エイベルが「僕に取り調べをさせてください！」と語気を荒くする。

「任せたよ。エイベル」

エイベルは小声でメアリーに「頑張ったね」とささやいた後、メイドを連行していった。メイドはメアリーを指さしながら、「違います！　あの女が！　あの女が悪いんです！」と部屋を出る最後の最後まで叫んでいた。

（なんとか、生き延びた……？　それにしても、こんなこと、調べればすぐに私が犯人じゃないってわかりそうなものなのに……）

椅子から立ち上がったハロルド王子は、笑顔のままメアリーのそばに来た。そして、顔を寄せメアリーの耳元で優しくささやいた。

「メアリー、君を殺せなくて残念だよ」

一瞬、なにを言われたのかわからず、ハロルドの顔を見ると、ハロルドは器用にパチンとウィンクした。

（この腹黒王子……初めから私が無実だとわかっていたのに、私を消したくてメイドの嘘を利用したってこと？）

初めから、メアリーが毒を入れたかなどはどうでも良かったとでも言うかのような態度だ。

実際、もしここで、いつものようにメアリーが叫んで暴れていたら、メアリーは確実に殺されていた。

ハロルドは何事もなかったように「カルヴァン、メアリーをしばらく護衛してくれ」と微笑んだ。

「はい」

静かに返事をしたカルヴァンは、メアリーを見るとフッと笑うように少しだけ口端を上げた。

（これは……護衛じゃなくて、監視ね）

そもそも騎士団長が王族以外の護衛につくことがおかしい。

（腹黒王子様は、『隙あらばお前を殺すぞ』って言いたいのね）

悪女メアリーを殺したいのは、伯爵夫人だけではない。

（生き延びたと思うのは、まだ早いみたいね）

メアリーは深いため息をついた。

第二章　クセの強すぎる聖騎士たち

ハロルド王子の指示で、メアリーは伯爵家には戻らず、事件の真相が明らかになるまで神殿内で暮らすことになった。メアリーに与えられた部屋は窓が一つとベッドがあり、あとはテーブルとソファが置いてあるだけのシンプルなものだ。伯爵家の自室に比べると質素だが、メアリーが一人で暮らすには十分な広さがある。

（伯爵家に戻る気はなかったから、部屋を与えてもらえて良かったわ）

それより問題なのは、王子の指示でメアリーの護衛を任されたカルヴァンが、部屋の中までついてきたことだ。

カルヴァンは、メアリーを殺したいと思っているハロルド王子の腹心だ。メアリーの味方であるはずがない。

(コイツ、急に切りかかってきたりしないわよね？　えっと……ゲームの中では、カルヴァンってどんなキャラだったっけ？)

騎士団長のカルヴァン・ナイトレイも、もちろん、ゲーム『聖なる乙女の祈り』の攻略対象者だ。聖騎士の中では最年長で、くすんだ灰色の髪と、青味の強い灰色の瞳を持っている。

(無口で硬派な騎士様で、外見だけは、ものすごく私の好みなんだけどねぇ……外見だけは)

というのも、カルヴァンは誠実そうな外見とは裏腹に、美女をとっかえひっかえしている遊び人なのだ。ゲームでは、過去に愛した女性に手ひどく裏切られてから、そうなったと描かれていた。

「真実の愛などない」と言い切るカルヴァンが、主人公のパティと交流していくうちに再び真実の愛を信じられるようになる……というのが彼のストーリーだった。

(パティが誰と仲が良いかわからないから、今ここにいるのは遊び人のカルヴァンと思っていたほうがいいわね)

そう思った途端に、ふわっと後ろから抱きしめられた。メアリーの頭上から低い声が響く。

「大変でしたね。メアリー嬢」

その声は優しげで、どこか色っぽい。

（……あー、なるほど。これ、ハニートラップってやつだ）

ハニートラップとは『甘い罠』という意味で、元はスパイが色仕掛けで対象を誘惑し、弱みを握って脅迫したり、本気で惚れさせていいなりにしたりすることだ。

カルヴァンはメアリーの耳元に唇を寄せると、「私があなたの傷ついた心を癒してあげられれば良いのですが……」とささやいた。その声はどこか苦しそうで、メアリーを気遣っているような響きがあった。

（すごいわ、本気で私を心配してくれているみたいに聞こえる。さっきのメイドといい、カルヴァンといい、恐ろしい演技力！　ここで気を許すと、私は殺されるってわけね）

メアリーは、ゲームの知識のおかげで、カルヴァンがその気のない女性に無理やり手を出さないことを知っていた。彼はあくまで相手の同意を得てから遊ぶのだ。

（そういうことなら、私はこれから、徹底的にすっとぼけるまで！）

メアリーは、カルヴァンの腕からするりと抜けると、おずおずと床に両膝を突いた。

カルヴァンは不思議そうな声を出す。

「メアリー嬢？」

メアリーは、カルヴァンに向き直ると、拳を握りしめて両腕を差し出しうつむいた。そのままの姿勢で動かなくなったメアリーにカルヴァンは戸惑っている。

「メアリー嬢、どうしましたか？」

その質問に、心の底から不思議そうに聞こえるよう、メアリーはつぶやいた。

「あの……鞭《むち》で、打つのでは？」

カルヴァンが驚いた瞬間に、メアリーは「はっ」として、膝を突いたままカルヴァンに背を向けた。

「申し訳ありません！　打つのは背中……ですか？」

メアリーは再び顔をうつむけ、震えて見えるように身体を小刻みに動かした。

(どうだ、薄幸そうな美女がおびえて震える姿は!?)

そっとカルヴァンを見ると、毒気を抜かれたように軽くため息をついていた。そして、ソファに腰をかけ、「お茶でも飲みませんか？」と聞いてくる。カルヴァンの意図は、メイドを呼んでお茶を淹《い》れてもらおうというものなのだろうが、メアリーはすぐに立ち上がると、部屋に置かれていたティーセットの準備を始めた。

「メアリー嬢？」

戸惑うカルヴァンに、「はい、ただいま」とメアリーは硬い声で答えた。

(言っとくけど、伯爵家では誰も私にお茶なんて淹《い》れてくれないから、お茶くらい自分で淹《い》れられるからね？)

手早く準備をすると、ソファの横に両膝を突いて、テーブルにそっとカップを置いた。

(どうだ、薄幸そうな美女が、おびえながら従順にお茶を淹《い》れる姿は!?)

カルヴァンがこちらに手を伸ばしたので、メアリーはとっさに父に頬を打たれたことを思い出し、顔を守るように両腕でかばい目を閉じた。

いつまでたっても衝撃が来ないので、そっと目を開くと、カルヴァンは自身の口元を手で押さえながら、なにかを考えるように視線をそらした。

「メアリー嬢、私と少し腹を割って話をしませんか？」

カルヴァンの言葉に『なにを言っているのかわかりません』と言うように、メアリーは小さく首をかしげた。

（その手には乗らない。アンタは私の味方じゃない。絶対に信用しない）

カルヴァンは、「警戒されるのは仕方ないですね」とつぶやき、少しだけ微笑んだ。

「私は仕事柄、今まで大勢の人たちを見てきました。メアリー嬢が演技ではなく、本当におびえていることは、今、わかりましたよ」

そう言ってから、カルヴァンは「申し訳ありませんでした」と少し頭を下げた。

「先ほどのエイベルの様子を見て、私はあなたがエイベルに色仕掛けをしたと思っていたのです。それで今度はこちらから、逆に仕掛けてやろうかと……失礼しました。事実は違ったのですね。エイベルは正義感が強いから、どうやらあなたの事情を知って同情したようだ」

「……エイベル様は、お優しい方です」

初めは『ちょろい』なんて思ってしまったが、エイベルはメイドの証言を聞いてもずっとメアリーの味方でいてくれた。今では素直に『優しい人なんだな』と思える。

（まぁ、だからといって、まだエイベルを全面的に信頼はしてないけどね……）

カルヴァンは、向かいのソファに座るようメアリーをうながすと、「エイベルに話したことを、私にも話していただけませんか？」と聞いてきた。先ほどのように色気をふくんだ声ではなく、あくまで事務的で淡々としている。

（まぁ、それくらいは話してもいいか）

メアリーは、自分が、伯爵がメイドに産ませた庶子であること、そのせいで伯爵夫人にこれでもかとイジメられてきたこと、そして、異母兄のルーフォスに軽蔑されていることを冷静に話した。

「なるほど。あと一つ、急にあなたが外見を変えた理由をうかがっても？」

（正直に答えると、パティのような清楚系美女を演じて聖騎士に媚《こ》びを売るためだけど……）

メアリーは少し考えた後に、こう答えた。

「父は私を聖女にしたくて、目をかけてくれていました。私もそんな父に応えるべく努力をしてきたのです。ですが、今回の事件で、父からも見捨てられました。だから……」

「だから？」

「私はもう伯爵家のメアリー・ノーヴァンじゃなくて、普通のメアリーになってもいいのかなって思って」

その自分の言葉に『ああ、そっか、もう私は私のままで生きてもいいんだ』と気がつき、メアリーは自然と頬がゆるんだ。

カルヴァンは、少し目を見開いた後に、困ったように眉根を寄せながらメアリーに微笑みを返す。

その時、コンコンと部屋の扉がノックされた。

カルヴァンが「はい」と答えると、開いた扉から現れたのはルーフォスだった。ルーフォスはギロリとメアリーをにらんだ後、カルヴァンに「少し話したい」と不愛想に伝えた。

立ち上がったカルヴァンは、なぜかメアリーのそばに寄ってくる。そして、片膝を突いてメアリーの耳元でささやいた。

「今日のお詫《わ》びに一つアドバイスを。あなたはルーフォスに軽蔑されていると思っているようだが、私から見れば、あれは惚れた女を手に入れられず、当たり散らしているようにしか見えない」

メアリーが驚いてカルヴァンを見ると、『内緒だよ』と言いたげに人差し指を自身の唇に当てた。

部屋の入り口から、ルーフォスの舌打ちが聞こえる。

「カルヴァン！」

「わかった、今行く」

カルヴァンはメアリーに小さく手をふると「また明日」とさわやかに微笑んだ。

一人部屋に取り残されたメアリーは、カルヴァンの言葉を考えていた。

(ルーフォスが『惚れた女を手に入れられず』って？　その惚れた女ってパティのことよね？)

だったら当たられるこっちはいい迷惑だ。

(でも、わざわざカルヴァンが私に言うってことは、もしかして、私に惚れてるって可能性も……)

少し考えた後に「いや、ないわぁ」とメアリーは首をふった。

(母親がちがうとはいえ、私たちは兄妹だからね。もしそうだったらドン引きだわ。それにカルヴァンが私を動揺させるために嘘をついている可能性もあるし……あーもう、考えることが多すぎる！)

「カルヴァンは、『また明日』って言ってたから、明日聞いてみるしかないか……」

ソファに横になると、急に眠気に襲われた。

（そういえば、今日は早起きしてたっけ……）

朝から緊張の連続で、精神をすり減らしていたのか、メアリーはすぐに意識を失うように眠りこんだ。


目覚めると、すでに日がかたむき、部屋の中は夕焼け色に染まっていた。

メアリーは空腹を感じてため息をついた。

「お腹がすくのは生きてる証拠ね……」

食事が欲しい。一人で部屋から出ていいのか悩んでいると、コンコンと部屋の扉が叩かれた。

「はい」

メアリーが答えると、「あ、いた！」と明るい声がしてエイベルが顔を出した。ソファに座っているメアリーを見ると、人懐っこい笑みを浮かべる。

「あれ？　メアリー、もしかして寝てた？　髪に寝癖が……」

エイベルはソファに近づいてくると、手を伸ばし髪に触れようとしたので、メアリーはとっさに身体を引いた。

（しまった、今まで私に優しくさわる人なんていなかったから、つい逃げてしまった）

エイベルを見ると、こちらに伸ばした手をひっこめて、気まずそうに「ごめん」とつぶやいた。

「急にさわられたら怖いよな。これからは気をつけるから」

捨てられた子犬のような瞳を向けられ、なぜかこちらが罪悪感を覚える。

「い、いえ、こちらこそ、すみません……」

少しの沈黙の後、エイベルは気を取り直したように、廊下に向かって「運んでくれ！」と声をかけた。白いフードをかぶった神殿仕えのシスターたちが、静かに入ってくる。彼女たちは、手にそれぞれ荷物を抱えている。

「メアリー、しばらくここに住むんだろ？　シスターに必要そうなものを用意してもらったんだ。ほら、メアリーのメイドはいなくなっちゃったから」

無邪気にそう言ったエイベルに、少し背筋が寒くなる。

（いなくなっちゃうのは、本当は私だったのよね……）

シスターたちは、着替えやタオルなどの生活必需品を運び終えると、丁寧に頭を下げて部屋から出ていった。向かいのソファに座ったエイベルに、「お腹すいてない？」と聞かれたので、メアリーは素直に「すいています」と答えた。

「良かった、そうだと思ってシスターに頼んでおいたから、すぐにここに運んでくれるよ」

「ありがとうございます！」

メアリーが微笑むと、エイベルも嬉しそうに微笑んだ。そして、「……良かった、元気そうで」とつぶやく。

「メアリーが一人で泣いていたらどうしようって少し心配でさ」

「エイベル様……」

エイベルからの好意をどう受け止めていいのかわからないが、『まぁ嫌われているよりかは、いっか』とメアリーは軽く流した。

「ねぇねぇ、メアリー。伯爵家から新しいメイドを呼びなよ。一人くらいは君に良くしてくれたメイドがいるだろ？　伯爵がなんと言おうと僕の権限で連れてきてあげる」

(私に良くしてくれたメイド……？)

そう言われて考えてみると、メアリーは一人だけ思い当たる少女がいた。

「そうですね……。では、伯爵家の厨房に勤めている、ラナという少女をお願いします」

エイベルは「え？　厨房のメイド？」と不思議そうな顔をした。

「はい、食事を抜かれて空腹に耐えかねた私が厨房に忍びこんだ時、彼女は伯爵夫人の命にそむいてまで、温かいスープを分けてくれようとしたのです。それで……」

エイベルは急に下を向き、膝の上で両手を強く握りしめた。

(しまった、厨房に忍びこんだなんて引かれた⁉)

「あの、お恥ずかしいお話を！」

慌ててメアリーが謝罪しようとすると、エイベルは震えながら顔を上げた。それは、とても怒っているような表情だったが、綺麗な瞳がうっすらぬれて、エメラルドのように輝いている。

「……わかった。絶対に、僕が、その子を連れてくるから」

震える声でそう答えると、エイベルは手の甲で目尻を乱暴にぬぐった。そうしているうちに、シスターが部屋に食事を運んでくれた。どう見ても一人分の量ではないのに、エイベルは「メアリー、いっぱい食べて！」と言うだけで自分は食べようとしない。

（こんなに食べきれない……）

「エイベル様、良ければ一緒に食べてくださいませんか？」

「僕はいいから！　メアリーが食べなよ！」

（こんなに食べたら吐きそう……）

仕方がないので、メアリーはそっと瞳を伏せた。

「あの、エイベル様。私、誰かと楽しく食事をしたことがなくて……。良ければ、お付き合いいただきたいな、なんて……」

エイベルはまた勢いよく下を向くと、ブルブルと身体を震わせた後に「わ、わがっだ……」と涙声で返事をした。

（こんな簡単に他人を信じて同情しちゃって……この人、大丈夫かしら？）

エイベルのそばにいると、少しの罪悪感と共に、メアリーは不思議と心が温かくなるような気がした。

二人で食事を終えると、エイベルは明るく「じゃあね！」と言い、すぐに帰っていった。

（これは紳士アピールかしら？　自分は女性と二人きりでも手を出しませんよ的な？　まぁエイベルのあの顔ならガツガツしなくても女性のほうから寄ってくるか……）

人からの厚意を素直に受け取れない自分に少しあきれつつも、メアリーは生き残るためには仕方ないと思い直した。死なないために、利用できるものはなんだって利用するしかない。窓の外を見るともうすっかり暗くなっている。

メアリーは神殿のシスターが持ってきてくれたものを一通り確認した。着替え用の服は、シスターが着ているものと同じ修道服だった。白いフードがついていて、顔を隠せるようになっている。

（この姿なら、目立たず神殿の中を歩けるかも……）

とにかく、一度パティに会いたい。

（私の味方をしてくれたっていうパティにお礼を言って、今までのことを謝りたい。そして、できれば私の命が助かるように協力してほしい）

そのためにも、まずパティに会わなければいけない。

（大浴場で待ち伏せしたら、パティに会えるかもしれない）

この神殿では多くの人が暮らしていて、風呂は共同のものだけだ。たとえ聖女候補でも、入浴の際は部屋から出て大浴場に行かないといけない。

事件までは伯爵家の屋敷から神殿に通っていたメアリーと違い、パティは聖女候補に選ばれてから、家には帰らず、ずっと神殿にとどまっていた。だから、今も神殿にいるはずだ。

メアリーは急いで修道服に着替えた。念のためにタオルや替えの下着を持ち、自分も風呂に入るように見せかける。

（これなら、誰かに見つかっても『大浴場に行くところでした』ってごまかせるはず）

そっと扉を開いて、近くに誰もいないことを確認すると、メアリーは静かに部屋から抜け出し、小走りで大浴場のほうへ向かった。

メアリーの部屋から大浴場へ向かう途中には一本道の渡り廊下があり、その左右は中庭になっている。その渡り廊下に、なぜか異母兄のルーフォスの姿があった。

(嘘でしょ……どうしてここに？)

メアリーは、ハッとした。

(もしかして、パティを待ち伏せしているの？)

身内のストーカー行為を目撃してしまい、なんとも言えない気分になる。

(まぁ、そういう私もパティを待ち伏せしに来たんだけどね……)

『なにこの変態兄妹』と思いつつ、メアリーはフードを深くかぶった。そして、顔が見えないようにうつむきながら、ルーフォスの前を早足で通りすぎる。

『良かったバレなかった……』と安心した途端に、右肩を強くつかまれた。小さな悲鳴と共にふり返ると、ルーフォスがメアリーを鋭くにらみつけている。

「ルーフォス様……」

慌てて頭を下げると、ルーフォスは「俺に挨拶もしないとは、いいご身分だな」と舌打ちする。

(私が声をかけても、どうせ無視するくせに！)

そう思いながらも、メアリーは怒りを抑えて、おびえて見えるようにそっとうつむいた。

「わ、私などがお声をかけたらルーフォス様のご気分を害してしまうかと思いまして……」

ルーフォスはなぜか少し言葉につまった後、「挨拶は礼儀だ」と言って視線をそらした。

「申し訳ありません。以後、気をつけます」

そそくさとその場を立ち去ろうとすると、ルーフォスは、もう一度、肩をつかんでくる。

(なんなのよ⁉)

振り返ると、ルーフォスは顔をしかめ、声を荒げて言った。

「カルヴァンは見た目通りの男ではない！　気安く部屋に入れるな！　……お前のような汚らわしい女と噂が立つと、カルヴァンが迷惑する」

(本当になんなの、コイツ！)

カッと来たメアリーの視界の端に、ルーフォスが腰に帯びている剣が見えた。途端に熱くなった頭が冷える。

(……なるほど、わざと私を怒らせて、キレて暴れたところを、その剣でバッサリいく気なのね？そっちがそのつもりなら、こっちは徹底的にとぼけてやる！)

メアリーは持っていた荷物を両手で胸の前で抱きしめ、ルーフォスを上目遣いに見上げた。

「カルヴァン様が、私のお部屋にいると、噂になる……ですか？」

「そうだ」

冷たく言い放つルーフォスに、メアリーは不思議そうに少しだけ首をかしげた。

「それは、どのような噂ですか？」

『メアリー、わからなーい』とでも言うように、純粋無垢をよそおってルーフォスを見つめた。

ルーフォスの眉間のシワが深くなる。

（ほらほら、早く言いなさいよ。男と女のエロい噂が立つのを心配してるって、そのお上品ぶった口で、言えるものならね！）

まっすぐにルーフォスを見つめると、意外にもルーフォスは視線をそらした。

「ルーフォス様？」

名前を呼んでも彼はこちらを見ず、そのまま立ち去っていく。

（フッ、勝った）

今度からルーフォスに絡まれたら、純粋無垢演技で乗り切ろうとメアリーは決めたのだった。

ルーフォスと別れ、メアリーはようやく大浴場にたどりついた。大浴場の入り口には「準備中」の看板がかかっている。

（道理で人がいないと思った……）

神殿の大浴場を使える時間は決まっている。まだ早かったようだ。

（良かった、これなら絶対にパティに会えるわね）

と思った途端に、『時間外からパティを待ち伏せするルーフォスっていったい……』と、異母兄の執念深さに引いてしまう。

（ま、まぁ、私もやっていることは同じだから、人のことはどうこう言えないか）

メアリーはフードを深くかぶり顔を隠すようにして、ただじっと待った。そのうちに、数人のシスターが来て大浴場の中に入っていった。しばらくすると、出てきたシスターの一人が準備中の札を外す。

それからは、神殿に勤める人たちがパラパラと集まってきた。メアリーは女湯のほうに入り、脱衣所のすみっこで静かにパティを待つことにした。しかし、いくら待ってもパティは現れない。人がどんどん増えて、さらに時間が経つと減ってくる。脱衣所にほとんど人がいなくなると、年配のシスターが「もうすぐ閉まりますよ？」とメアリーに声をかけた。仕方がないので、メアリーは急いで風呂に入る。上がった時には、脱衣所には誰もいなくなっていた。

（どうしよう……パティが来ない）

ぬれた髪や身体をタオルで拭き、着てきた修道服を着直す。

（もしかして、パティは具合が悪くてお風呂に入れないの？）

それとも、皆に愛されているパティの部屋には、特別に専用風呂がついているのだろうか。ゲームの知識を思い出しても、そこまで細かいことはわからなかった。

仕方がないので、メアリーは自分に与えられた部屋に戻った。またルーフォスに出くわさないかと警戒していたが、会わずに戻ることができた。

（明日、朝食の時に、食堂でパティを捜してみよう）

メアリーの記憶では、ゲーム中、神殿の食堂でパティと魔導士クリフとの恋愛イベントが発生していた。

（パティも食堂には絶対に来るはず。本当なら聖騎士がいないところで、こっそりパティに会いたかったけど、そんなことも言ってられないわね）

そうと決まればと、明日に備えてメアリーは早々にベッドに入った。

窓から朝日が差しこみ、メアリーは目が覚めた。

（もうそろそろ食堂が開く時間だわ）

急いで顔を洗い、髪をとかし一つに束ね、修道服を着て深くフードをかぶる。メアリーがそっと部屋の扉を開けると、そこにはシスターが待ちかまえていた。

「え？」

驚くメアリーにシスターは「お食事をお部屋にお運びします」と淡々と告げる。

「いいえ、私は食堂に食べに行きます」

慌てて断ると、シスターは「しばらくは、部屋でお食事を取るようにと、エイベル様からのご指示です」

優しいエイベルのことだから、人が集まる食堂に行かなくていいように気を遣ってくれたのだろう。それでも、メアリーは『余計な気遣いを……』とため息をついてしまう。

仕方がないので、部屋で朝食を摂《と》っていると、しばらくして騎士団長のカルヴァンが訪ねてきた。カルヴァンは、昨日とは違い、どこか疲れたような顔をしている。

（騎士団長様は、騎士団の仕事をしながら、私の監視もしないといけないから大変なのかもね）

そんなことを考えていたら、カルヴァンはソファに腰を下ろして、メアリーをジッと見つめてきた。

（なに？　そんなに見つめても、ハニートラップにはかからないわよ？）

なにか言いたいことでもあるのかと見つめ返すと、カルヴァンは視線をそらして深いため息をついた。そして、とても言いにくいことを伝えるかのように、苦しげな声を出す。

「メアリー嬢、私と取引しませんか？」

『取引』という言葉を聞いて警戒すると、カルヴァンは「もちろん、強制ではありません。ただ、あなたにとっても利益のある話だと思います」と意味ありげな視線をよこす。

「あなたの兄ルーフォスのことです。もし、私のお願いを聞いてくれるなら、今後一切、ルーフォスをあなたに近づけないと約束します」

そう言ったカルヴァンの瞳はどこか虚《うつ》ろで、ルーフォスに好意的ではない感情が読み取れた。

「エイベルから、あなたの頬の傷のことを聞きました。正直に言って、ルーフォスの存在はあなたにとっても疎《うと》ましいでしょう？」

「とって『も』ということは、カルヴァン様はルーフォス様が疎《うと》ましいのですか？」

メアリーが慎重に言葉を選びながらたずねると、カルヴァンは深くうなずいた。

「恥ずかしながら、私も以前、若さゆえ愛に我を忘れていた時期がありますので……。だからこそ、今のルーフォスの愚行を見ていると、過去の愚かな自分を見ているようで、こう、胃の辺りが痛くなるというか……。激しい羞恥を覚えるというか……。見ていられないのです」

（あれかな？　自分の黒歴史を目の前で再現されてしまっているような気分？）

その話を聞いて、メアリーは昨晩、ルーフォスのストーカー行為を目撃してしまったことを思い出す。

「そういえば、昨日、大浴場に向かう途中でルーフォス様にお会いしました」

カルヴァンは、拳を握りしめると「そういう愚かな行動です！」と怒りなのか羞恥なのかはわからないが、頬を赤くした。

「ルーフォスのこの件は、私が思うに、なかなか年季の入ったことだと思うのです。私の父は、ルーフォスの剣の師匠で、あいつとは子どもの頃からの付き合いなのですが……」

カルヴァンが言うには、子どもの頃のルーフォスは剣に興味がなく練習もサボってばかりいたそうだ。今の堅苦しい姿からは想像できない。

「それが、ある日、突然真面目に剣に打ちこむようになったのです。不思議に思ってルーフォスに理由を聞いてみたら、少し照れながらこう言って……」

『すごく可愛い女の子に出会った』

メアリーが「可愛い女の子、ですか？」と聞くと、カルヴァンはうなずく。

「はい、ルーフォスが言うには、ある日、父のノーヴァン伯爵に連れられて、一人の女の子に会ったと。伯爵に『この子をどう思う？』と聞かれたので『すごく可愛いと思います』と答えたら、伯爵は満足そうにうなずいて『いずれ、一緒に住むことになる』と言ったそうです」

子どものルーフォスは、頬を赤く染め、瞳をキラキラさせながら、『たぶん、あの子は、俺の婚約者だと思う。大人になったら俺はあの子と結婚するんだ。あの子を守るために俺は強くなる』と、嬉しそうに微笑んだそうだ。

「その時の私は特に興味もなかったので、『そうなのか』と聞き流しました。ただ、今になって思えば、あの時、ルーフォスが一目惚れしたすごく可愛い女の子……」

カルヴァンは、メアリーを静かに見つめた。

「あなたではないですか？」

部屋の中に静寂が訪れた。メアリーはなんとか口を開いた。

「……私、ですか？」

「その時の記憶は？」

「ありません。覚えていません……」

「そうですか。幼い頃なら覚えていなくても仕方ありません。ただ、ノーヴァン伯爵がルーフォスに、はっきりと『お前の妹だ』と言わなかったので、こういう誤解が生まれたのではないか、というのが私の推測です」

「でも……」

メアリーの頭の中には、ルーフォスの冷たい視線や投げかけられてきた侮蔑《ぶべつ》の数々が浮かんだ。

「でも、そんな……」

「ルーフォスのあの態度を見る限り、信じられませんよね。でも、実際のところ、ルーフォスには婚約者がいませんし、今のメアリー嬢の姿を見て、確信しました」

信じられないメアリーに、カルヴァンはさらに言葉を続けた。

「昨日、私に用があると言って、ルーフォスがここに来ましたね？」

確かにルーフォスはカルヴァンに『話がある』と訪ねてきた。

「あの後、ルーフォスの話を聞くためについていったのですが、結論から言うと、話なんてなかったのです。おそらく、私とメアリー嬢が二人きりで部屋にいたので、居ても立っても居られず、様子を見に来たのではないかと」

「まさか……ルーフォス様が？」

「大浴場に行く途中で出会ったのも、あなたを待ち伏せしていたのだと思います」

カルヴァンに「あなたは、どうしてルーフォスを兄ではなく、名前で呼んでいるのですか？」と聞かれたので、メアリーは「お兄様と呼ぶとルーフォス様がとても嫌がるので……」と答えた。

「……もしかして、ルーフォス様が私にお兄様と呼ばれたくなかった本当の理由って……」

「あなたのことを妹ではなく、女として見ていたから、ですかね」

メアリーの背筋にゾクッと悪寒が走った。

（ルーフォスが私のことを愛してる？　これまであんな態度を取ってきて？　……もしかして、好きだからいじめたいとか、一目惚れした相手が妹で行き場のない想いをぶつけたかったとか、そういうこと？　そんな……そんなくだらない理由で、あの男はずっと私にあんなにもひどい態度を取っていたの……？）

腹立たしくて身体が震えた。悔しくて涙がにじむ。

（ダメよ……ここで逆上したら、カルヴァンに私を殺すための口実をあげるだけだわ）

無理やり怒りの感情を抑えつけると、メアリーの瞳からボロボロと大粒の涙がこぼれた。

「メアリー嬢……」

涙をぬぐおうとでもしたのか、差し出されたカルヴァンの右手を、メアリーはやんわりと拒んだ。そして、震える声で「申し訳、ありません……今日は、お帰りください」と伝え、立ち上がるとカルヴァンに背を向ける。

今すぐにでも叫んで暴れて、ルーフォスを罵《ののし》る言葉を気が済むまで叫び続けたい。その激しい衝動をグッと抑えこんでいると、ふいに優しく右手を引かれた。

気がつくとなぜかカルヴァンの腕の中にいた。メアリーの頭の上から、後悔をにじませた低い声が降ってくる。

「私が浅はかでした。申し訳ありません」

カルヴァンのたくましい腕から逃れようとしても、子どもをあやすようにうまく抱きしめられてしまう。

「あなたにとっては、知らないほうが幸福なことだったかもしれません。残酷な真実を伝えてしまいましたね」

大きな手のひらが、ゆっくりとメアリーの髪をなでた。その温かさと心地好さに、不思議と怒りが収まっていく。

「しかし、このままでは、あなたもルーフォスも苦しいままです。私も見ていられませんしね。押し殺した実らぬ愛は、いつしか心を蝕《むしば》み、憎しみに変わります。このままでは、いつかあなたの身が危険に晒《さら》されるかもしれません」

「……私はなにをしたらいいのですか？」

カルヴァンは優しくメアリーの頬に触れた。誠実そうな瞳がメアリーを見つめている。

(この男は、こうやって女を口説くのね。手慣れすぎてて笑っちゃう)

メアリーは冷めた気持ちで、カルヴァンの手に自分の手を添えた。カルヴァンは優しく微笑む。

「私が場を設けるので、ルーフォスを思いきり、こっぴどくふってやってください」

「そんな恐ろしいこと、できません……」

逆上したルーフォスになにをされるかわからない。それに、カルヴァン自身も信用できない。

「私が必ずあなたを守ります。私の言葉に不安を感じるなら、この取引内容を正式に書面に残しましょう」

「わかりました。ただ、私も一つお願いがあります」

メアリーは涙をにじませてカルヴァンを上目遣いで見つめた。

「私をパティ様に会わせてください。会って、心から謝罪をしたいのです」

カルヴァンがうなずいたのを見て、メアリーは儚げに見えるように細心の注意を払って微笑んだ。

カルヴァンは約束通りにすぐに書面を準備しようとしてくれたが、メアリーはそれを止めた。

(よく考えたら、書面なんていくらでも偽造できるし、サインしたらこれをきっかけに、後からカルヴァンに追いこまれることになるかも……。やっぱり形に残るものは交わさないほうがいいんじゃないかしら)

メアリーはにっこりと微笑んだ。

「私はカルヴァン様のことを信用しておりますので、書面はいりません。ですが、ルーフォス様の件でパティ様にも協力を頼めませんか？」

なにが起こってもいざという時に助けてくれる味方が欲しい。

しかしカルヴァンは渋い顔をした。

「いや、想い人にこっぴどくふられる場面に、別の女性が同席するのは、ルーフォスといえどさすがにつらいかと」

「でしたら、エイベル様は？」

「エイベルは、こういう話には向きません。良くも悪くもまっすぐな男ですから。エイベルが、ルーフォスに怒るか同情するかわかりませんが、どちらにしろ、ややこしくなるでしょう。クリフはどうですか？　万一ルーフォスが逆上してあなたに危害を加えようとした時のために、防御魔法をかけてもらうこともできますし」

魔導士クリフには、メアリーが前世の記憶を取り戻してから、まだ一度も会っていなかった。

（クリフは、ゲームで唯一、悪女メアリーを許してくれた優しいキャラだから、泣きながら土下座でもしたら私の味方になってくれるかもしれない。一度会っておいたほうがいいわね）

メアリーは静かにうなずいた。

「わかりました。それでよろしくお願いいたします」

カルヴァンがさわやかな笑みを浮かべて右手を差し出したので、メアリーも遠慮がちに返す。

「メアリー嬢、ありがとうございます」

優しく手を握られ、メアリーは『彼のこの言葉と笑顔が、全て真実だったら楽なのに……』とぼ

んやり思った。

その時、部屋の扉がノックされた。

カルヴァンが手を離すと、扉に向かって「はい」と答える。扉の向こうで「えー!?」と声がしてエイベルが顔を出した。

「どうしてカルヴァンがここにいるんだよ!?」

「ハロルド殿下から、メアリー嬢の護衛を頼まれている」

「なんだよそれ」とエイベルはすねたように、頬を膨らませた。

「カルヴァン、お前、騎士団の仕事もあって忙しいだろ？　メアリーの護衛なら僕がするから！」

「殿下の命にはそむけない」

親しげに会話する男たちの一方で、メアリーの瞳はエイベルの後ろにいる、ブラウンの髪の少女に釘づけだった。

「もしかして、ラナ？」

メアリーが声をかけると、ラナがビクッと身体を震わせた。

「あっ、わ、私！」

ラナは、日に焼けた頬を真っ赤に染めた。駆け寄ったメアリーは優しくラナの両手を握りしめる。厨房での水仕事のせいか、その手はあかぎれができて痛そうだ。

「来てくれてありがとう！　あなたの意見も聞かずにごめんなさい」

「い、いえっ！　め、メアリーお嬢様にお仕えできるなんて、ゆ、夢のようです」

ブラウンの瞳をキラキラさせながら、ラナはメアリーをしっかりと見つめていた。その表情からは、メアリーへの純粋な好意が見て取れる。

(あなたは、私が好かれるように演技をしなくても、私を好きになってくれるの？)

メアリーはラナの手をやんわりと引いて、ソファに座ってもらった。

「疲れたでしょう？」

「い、いいえ！」

エイベルがニコニコしながら近づいてきた。

「メアリー、約束通り、ラナって子を連れてきたよ！」

「ありがとうございます！」

満面の笑みを浮かべて、心の底からの礼を伝えると、エイベルは頬を少し赤くした。

「そんなに喜ばれると、僕も嬉し……」

照れた顔でなにかを言いかけるエイベルと、突っ立っていたカルヴァンの背中を軽く押して、メアリーは部屋の外へ二人を追い出した。

「エイベル様、本当にありがとうございました。カルヴァン様、今日はもう部屋から出ないので護衛はいりません。私はラナと二人でおしゃべりを楽しみます。では、さようなら」

にっこりと微笑み、返事も聞かずに扉を閉めた。

扉の向こうで「えー！　メアリー？」とエイベルの不満そうな声が聞こえたが、気がつかないふりをして、メアリーはそっと内側からカギをかける。

ラナは身体をガチガチに緊張させて、ソファに姿勢よく座っていた。メアリーは向かいのソファに座ると、そっとラナを見つめる。期待と不安が入り交じったラナの綺麗な瞳を見つめていると、なぜか無性に泣けてきた。

「お、お嬢様!?」

「ラナ、本当にありがとう。これから、よろしくね」

メアリーは改めて右手を差し出した。ラナもおずおずとためらいながら手を伸ばす。メアリーはその手を優しく握りしめた。

「そうだわ、今、お茶を淹《い》れるわね」

ガチガチに緊張しているラナにそう伝え、メアリーがソファから立ち上がると、ラナは「えっ!? それは私の仕事です！」と叫んだ。

「それは明日からお願いするわ」と微笑みかけると、ラナは戸惑いながらも「は、はい」と答える。

「急に私のメイドに選ばれて心配だったでしょう？ ご家族は反対しなかった？」

悪女と名高いメアリーのそばで働くなんて誰でも嫌に決まっている。しかし、ラナは不思議そうな顔をして、首を左右にふった。

「いえ、驚きはしましたが……その、私は嬉しかったです。何度か遠くから見たメアリーお嬢様がとてもお綺麗で、憧れていましたので」

（遠目で良かったわ。近くで見ていたら、キレるし暴れるしメイドを罵《ののし》るしで、幻滅していたわね）

ラナは緊張からか、うつむきながら自分の指を組んだり外したりをくり返している。

「わ、私の両親も驚いて『お前なんかにご令嬢のお世話ができるのか。なにかの間違いだ』と。『すぐに失望されて追い返されるだろう』って」

「あなたのご両親がそんなことを？」

「あ、はい。私の家は商家なのですが、賢い兄や綺麗な姉と違って、私は見てくれも悪いしなにをやっても不器用で……。なんとかツテで伯爵様のお屋敷の厨房で働かせてもらっていました」

（厨房働きとはいえ伯爵家にツテがあるなんて、そこそこ大きな商売をしているのね。実家に帰ればラナはお嬢様と呼ばれるような身分なのかもしれない）

ただ、両親のラナへの評価はとても低いようだ。家族とうまくいっていないところに、メアリーは少し親近感が湧いた。

（あ、もしかして、ラナも私に親近感が湧いて、助けてくれようとしたのかしら？）

メアリーは、ラナに微笑みかけると、修道服を着ている自分を指さした。

「私は父に失望されてここにいるの。この見た目の通り、お嬢様なんて名ばかりよ」

メアリーはソファから腰を浮かせてラナに両手を伸ばした。そして、せわしなく動き続けるラナの手を再び握る。

「私たち、仲良くなれそうね」

顔を上げたラナは、感動したように瞳をキラキラさせて「お嬢様」とつぶやいた。

（仲良くしましょう。私が生き残るためには、今は一人でも信頼できる味方が欲しいの）

純粋に好意を持ってくれるラナに対しても、つい打算的な思いが浮かんでしまう。

(おかしいわね。優しい笑みを浮かべて他人を利用しようとする今の私って……前よりずっと悪女っぽくなっているような……?)

少なくともキレて暴れるだけの女より、今のほうがよっぽど性質《たち》が悪いような気がする。ラナが遠慮がちに口を開いた。

「あの、お嬢様……。エイベル様が私に、伯爵家からお嬢様の私物を運ぶようにおっしゃったんです。この隣の部屋にあります」

「え?　そうなの?」

「はい、ご確認されますか?」

メアリーがうなずき立ち上がると、ラナは慌ててメアリーを追いこし、部屋の扉を開けてくれた。

「そこまでしなくて大丈夫よ。自分のことは一通り自分でできるから」

ラナは困ったように少しうつむいた。部屋から外に出ると、「あ、出てきた!」と明るい声がした。メアリーが声のしたほうを向くと、エイベルがこちらに向かって手をふっている。

「エイベル様!?　どうしてここに?」

エイベルは、「カルヴァンの代わりにメアリーの護衛をしようと思って」とニコッと笑った。

(聖騎士って、ヒマなの?)

「あ、今、『コイツ、ヒマなの?』って思っただろ?」

「いえ」

メアリーが首を横にふると、エイベルは「いや、マジでヒマでさぁ」とため息をついた。

「聖女選びの期間中は、聖騎士はできるだけ神殿に滞在するように言われてるんだよ。なんか、魔の気配が強まるから、聖なる力でそれで弱めるとか？　よくわかんないけど」

魔の気配と聞いて、メアリーには心当たりがあった。ゲーム『聖なる乙女の祈り』では、神殿の地下に、太古の昔に退治された邪悪なドラゴンの死骸があって、腐敗しきるとアンデッドドラゴンになって復活してしまうのだ。だから、歴代の聖女が癒しの力で、ドラゴンの腐敗をとどめているという設定だった。

(聖騎士でも、このことは知らされていないのね。神殿の極秘事項なのかしら？)

ゲームでは、主人公のパティが聖女にならなかった場合、悪女メアリーが聖女に選ばれるも力不足のせいでアンデッドドラゴンが復活してしまい、この王国が火の海になる、というとんでもないバッドエンドが用意されていた。

(まぁ、私はもう聖女になる気がないから、そのバッドエンドだけはないけどね)

そんなことを考えながら、メアリーはエイベルを気遣うような表情を作った。

「そうなのですね。大変ですね、エイベル様」

「まぁね」

「へへっ」とどこか嬉しそうなエイベルに、メアリーは「そういえば」と私物を運んでもらった礼をした。

「あ、あれか。いるかわからないけど、念のためにね」

「ありがとうございます。今からラナと一緒に確認いたしますね」

会釈してエイベルの前を通りすぎると、エイベルはその後ろをついてきた。

（本当にヒマなのね）

ラナは隣の部屋の扉も開けてくれた。メアリーは『そこまでしてくれなくてもいいのに』と思ったが、今はエイベルがいるので、なにも言わず部屋に入る。入った途端に、赤や黒を基調とした毒々しいドレスが目に入った。

後ろからひょこっと顔を出したエイベルが「ねぇ、このドレス、全部処分しない？」と聞いてきた。

「着るものがなくなってしまいます」

「そんなの、僕が好きなだけ買ってあげるよ」

『当たり前でしょ』と言わんばかりの顔をするエイベルを、メアリーは驚いて見つめた。

「あの、エイベル様」

「ん？」

「どうして、そこまで良くしてくださるのですか？」

エイベルはポカンと口を開けた後、「えーと……」とつぶやき「乗りかかった船だから？」と疑問形で答えた。

（エイベルからしたら、『捨て猫を拾っちゃったからエサをあげないと』みたいな気分なのかしら？まぁ、最初に同情してもらえるように媚《こ》びたのは私だから、それが成功しているってことよね）

メアリーが「本当にいいのですか？」と聞くと、エイベルは「うん、今の君に似合うドレスをたくさんプレゼントするよ」と明るく笑う。

（エイベルは今の可哀想で儚げな私を気に入っているのね。男をたぶらかして貢《みつ》いでもらうなんて、それこそ本当に悪女みたい。悪女らしく振舞うのをやめて必死に生き残ろうとしたら、逆に悪女レベルが上がっていくなんて、皮肉なものね）

メアリーは遠慮がちにエイベルの右手にほんの少しだけ触れた。

「ありがとうございます。エイベル様、このご恩は一生忘れません」

儚げに見えるように微笑みかけると、エイベルの頬が少し赤くなったような気がした。

せっかく伯爵家から私物を運んでもらったが、使えそうなものはそれほどなかった。昔のドレスもアクセサリーも今のメアリーには似合わないし、そもそも豪華に着飾る必要も感じない。

（メイク道具があるのは、有難いわね）

いつも厚化粧をしていたせいか、素顔を晒《さら》していると心もとなく感じてしまう。

結局メアリーは、メイク道具だけ自室に持ち帰った。ドレスの処分の手配は、エイベルがしてくれるそうだ。自称護衛のエイベルは「やることができた！」と喜んでどこかに行ってしまった。

部屋に戻ると、ふと気になってラナに声をかける。

「あなたの部屋は、どこにあるの？」

この部屋は一人用なので、ベッドも狭く一人しか眠れない。

「あ、お嬢様の右隣のお部屋を使うようにと言われました」

「そう、良かったわ」

と答えつつ、メアリーは嫌な予感がした。『自分が過ごす部屋』以外に、『私物を置く部屋』、『専属のメイドが過ごす部屋』と、神殿の部屋を三つも占領している。普通ならありえない待遇だ。

「もしかして……私って、まだ聖女候補なのかしら？」

ラナは不思議そうに綺麗な瞳をパチパチとまたたかせた。

「はい、もちろんですよ！」

「そう……」

ゲームでは、メアリーはパティに毒を盛った罪で聖女候補から外されるはずだ。

(ゲームとは流れが変わっているのね。まぁ、運命を無理やり変えたのは私だけど)

メアリーはふと、腹黒王子ハロルドの言葉を思い出した。

『メアリー、君を殺せなくて残念だよ』

(ハロルドは、パティを聖女にしたいから、私が邪魔で殺したいってことかしら)

だとしたら、いつまでもここにいるわけにはいかない。かといって、ノーヴァン伯爵家に戻るつもりもない。

(聖女候補をさっさと辞退したいところだけど、行く先がないのはつらいわね)

ラナを見ると、真剣な顔でお茶の準備をしていた。

(こちらに呼んでしまったけど、ラナを危ないことに巻きこみたくない。嫁ぎ先を見つけて、ラナと一緒にここから出ていくのが一番平和なのかも……。私にとっての修道院行きは、道中で盗賊に襲われる死亡ルートだからね。結婚相手を探すためには、今までの悪女メアリーの評判をなんとかしないと……）

そんなことを考えていると、扉がノックされた。音に驚いたのかラナがティースプーンを落とす。

「申し訳ありません！」

「大丈夫よ」

ラナに微笑みかけながら、メアリーは「はい」と答えて扉を開いた。

そこには、騎士団長カルヴァンの姿があった。その少し後ろには、黒いフード付きのマントをかぶった青年がたたずんでいる。フードの下には落ちついたブラウンの髪がのぞき、黄色い瞳が穏やかにメアリーを見つめていた。左手にはなぜか風呂敷包みのようなものを持っている。

（魔導士クリフ！）

前世の記憶を思い出す前のメアリーは、クリフのことを『平民なんかに興味はないわ』と徹底的に無視していた。それなのに、クリフは怒りもせずにいつも穏やかな態度でメアリーに接していた。

（今すぐ土下座して謝りたい）

二人を部屋に招き入れると、メアリーは心の底から申し訳ないと思い、クリフに深く頭を下げた。

「クリフ様、今までのご無礼をどうかお許しください」

クリフは、少しも驚くことなく穏やかに微笑んだ。

「なんのことですか？　それより、メアリーさんがルーフォスさんを助けてあげるとうかがいました」

『助ける』という言葉に違和感を覚えてカルヴァンを見ると、カルヴァンは静かにうなずいた。

（クリフには、今回の取引のことは『ルーフォスを助けるため』と伝えているのね）

メアリーが「はい」と答えると、クリフは人の良さそうな微笑みを見る。それからソファに座るよう勧めたが、クリフは「すぐに帰ります」と笑顔で断った。

「メアリーさん、人助けなんてえらいですね。私で良ければなんでもお手伝いしますよ」

その言葉にカルヴァンが「なら、今すぐメアリー嬢に攻撃無効と、魔法無効の魔法をかけてくれ」と伝え、クリフは快くうなずいた。そのやりとりにメアリーは驚く。

「カルヴァン様。今すぐ、ですか？」

「善は急げだ」

（カルヴァンがここまで言うなんて、ルーフォスはよっぽど信用がないのかしら）

小さくため息をつくメアリーに、クリフは「失礼。少し額に触れますよ」と断ってから額にそっと触れた。クリフの指から温かい光が放たれ、メアリーの身体を優しく包みこむ。

「はい、終わりです。この防御魔法は、一度の物理攻撃と、一度の魔法攻撃を弾きます。攻撃を受けて弾くまで、この魔法がとけることはありません」

（サラッと言ってるけど、それってすごいことよね？　さすが天才魔導士）

それからクリフは、メアリーに「どうぞ」と風呂敷包みを手渡した。

「これは？」

「カルヴァンさんが『メアリーさんを着飾りたい』と言っていたので、パティから借りてきました」

中を見ると、パティに似合いそうな清楚なドレスやアクセサリーが入っていた。

そして、メアリーは気がついたことがある。

(皆を「さん」付けで呼ぶクリフが、今、パティだけ呼び捨てだったわ)

それは、クリフのパティへの好感度が上がっているということだ。

(もしかして、この世界のパティは、クリフを攻略しているの⁉)

メアリーは探るためにクリフに微笑みかけた。

「このように素敵なものを貸していただけるなんて、ありがとうございます。クリフ様、パティ様はお元気でしょうか？」

途端に、クリフの頬が綺麗な桜色に染まる。そして、恥ずかしそうに、自身の右耳についている耳飾りにさわる。

「パティはいつも元気ですよ」

(うわぁ、可愛い笑顔！)

それは、まるで恋する乙女のような微笑みだった。ゲームでのクリフルートは、唯一、悪女メアリーが攻略対象者に殺されないルートなので、メアリーとしても大歓迎だ。

(ありがとう、パティ！　本当に大好き！)

クリフは照れた顔のまま「頑張ってくださいね」と微笑み、部屋から出ていった。

残ったカルヴァンは、真剣な顔をしている。

「メアリー嬢。クリフも言っていたが、できるだけ綺麗に着飾ってほしい」

「はい。……でも、どうしてですか？」

「どうせふられるなら、絶世の美女にふられるほうがショックでしょう？　ダメージが大きいほうが、底に落ちやすい」

「カルヴァン様は、ルーフォス様を底まで落としてどうするのですか？」

カルヴァンの話を聞く限り、ただ『ルーフォスを叩きのめしたい』という雰囲気ではない。

「底まで落ちたら、あとは浮上するだけです。時間はかかるだろうが、俺や騎士団のメンツで呑んで、騒いで暴れて、叶わない愛なんて忘れてしまえばいい。私はそうして忘れましたから」

そういってカルヴァンは、過ぎ去った日々を懐かしむような顔をした。

（なんだ、口ではルーフォスのことを疎《うと》ましいとか言っておきながら、本当はルーフォスを助けるための取引だったのね）

ルーフォスの被害者としては気分が良いとは言い難いが、もう二度とルーフォスに会わなくて済むなら、確かにメアリーにも利益はあった。

（これが、男の友情ってやつなのかしら？）

苦しい時に助けようとしてくれる友がいるルーフォスが、とてもうらやましい。

（でも、そういうことなら、私は今までの仕返しにルーフォスを徹底的に罵《ののし》って泣かせてやるわ。それで、カルヴァンに感謝されて恩が売れるなら最高じゃない）

メアリーは、『今までアイツにされてきたことを考えれば、これくらいは許されるでしょ』と、こっそりあくどく微笑んだ。

「今後の打ち合わせをしましょう」と言うカルヴァンと、ソファに向かい合って座った。

ラナが、テーブルにお茶を運び、慎重な手つきでカルヴァンの前にカップを置く。手の震えでカップがカチャカチャ鳴っていたのはご愛敬だ。

「ラナ、ありがとう」

メアリーが礼を言うと、ラナはとても嬉しそうに微笑んだ。

カップに手を伸ばしたカルヴァンに、メアリーはたずねる。

「カルヴァン様。今回の件、ルーフォス様にはどのようにお話しするつもりですか?」

あのルーフォスをどこにどうやっておびき出すのか、メアリーは気になっていた。

カルヴァンは、カップに口をつけると小さく「う」と苦しそうな声をもらす。

(どうやらお茶がまずかったようね。ラナは、厨房でも下働きがメインだったから、慣れていないんだわ。今度おいしいお茶の淹《い》れ方を教えてあげようっと)

メイドにまずいお茶を出されても、文句の一つも言わないカルヴァンは、なかなかできた人物だ。女遊びさえしていなかったら、尊敬できる人なのかもしれない。

そっとカップをテーブルに戻したカルヴァンは、「その件ですが」と腕を組んだ。

「私の考えでは、今のルーフォスはあなたに会いたくて仕方がないはずなので、メアリー嬢に手紙でも書いていただこうと思っています。『会いたいです』の一文で、喜んでやってくるでしょう」

「喜んで、って……」

カルヴァンは暗い表情でため息をついた。

「あなたへの気持ちを抑えられなくなっているようです。あなたが出会った頃のような外見に戻ったことと、エイベルや私が急にあなたに好意的になったことで刺激されたのか……」

メアリーは「わかりました」とうなずき、ラナをふり返った。

「私の私物置き場から、紙とペンを持ってきてくれる？」

元気に「はい」と返事をしたラナは小走りで部屋から出ていった。カルヴァンと二人きりになったので、メアリーは少し探りを入れることにする。

「先ほどのお話ですが、カルヴァン様も、私を好意的に思ってくださっているのですか？」

「そうは見えませんか？」

（ゲーム設定でカルヴァンが『女遊びしていること』を知っているから、この誠実そうな笑顔がすごく胡散臭《うさんくさ》く見えてしまうのよね……。まぁ今回は、クリフに魔法をかけてもらったり、パティにドレスを借りたりして、いろんな人を巻きこんでいるから、さすがに『全て私を殺すための罠でした』ってオチはないと思うけど……）

カルヴァンが「楽しみですね」と言ったので、メアリーはとっさになんの話かわからず小首をかしげる。彼の優しい瞳がまっすぐにメアリーを見つめた。

「美しく着飾ったあなたの姿を見られるなんて、今から楽しみです」

どこか色気を含む声に、メアリーの心臓が飛びはねた。

（この男……二人っきりになった途端に甘い空気を出してきたわ。息をするように女性を褒めて喜

ばせるのね。恐ろしい）

今後は、カルヴァンと二人きりになるのはやめようとメアリーは心に誓った。

しばらくしてペンと紙を持ったラナが戻ってきた。

メアリーが手紙を書いて渡すと、カルヴァンは「では、のちほど」とさわやかに部屋から去っていった。

ラナが期待に満ちた瞳を向けて「お嬢様、着替えますか？」と聞いてくる。

「そうね、着替えましょうか」

パティの貸してくれたドレスは、淡いクリーム色で首元や肩、腕がレースになっていた。

（このドレスだと背中の傷痕が見えちゃうけど……まぁ、レースで隠れてはっきりとは見えないからいっか）

それに、ルーフォス相手に今さら隠しても仕方がない、と考える。

（あ、このドレス、背中ファスナーだわ。私、身体が固くて背中まで手が届かないのよね……）

仕方がないのでラナにファスナーを上げてほしいとお願いすると、ラナは嬉しそうに「はい」と返事をした。

ラナに「あ、そうそう。私、背中に傷があるの」と前もって伝えたが、実際に背中の傷を見たラナが一瞬固まってしまったので、傷はラナの想像よりひどかったのかもしれない。

「お嬢様、痛く……ないですか？」

「大丈夫よ」

ラナは傷に触れないようにしてくれているのか、慎重にファスナーを上げてくれた。

「ありがとう」

メアリーが礼を言うと、可愛らしい笑顔が返ってくる。

(メイクは儚げに見えるように、ポイントだけ濃くして、全体的には薄めに……)

メイクをしていると、後ろから見ていたラナが不思議そうな顔をした。

「あの、お嬢様、いつものメイクはされないんですか?」

「いつもの? 最近は、いつもこんな感じだけど?」

ラナは少し残念そうな顔をする。

「そうですか……以前の華やかなメイクも、お嬢様にとってもお似合いでしたので。もちろん、今のメイクも素敵ですが!」

ラナは、悪女メアリーの時の濃いメイクを気に入っていたようだ。

(遠くから見ていただけだからかもしれないけど、ラナのその気持ちはわかるわ! 清楚系美女もいいけど、妖艶な悪女系美女もいいよね!)

ただ、悪女系の濃いメイクは聖騎士たちには不評なのだ。メアリーは「今日は、貸してもらったドレスに合わせないとね」と笑顔でラナに伝えた。

「そっか、そうですね! さっすがお嬢様」

ニコニコと笑うラナに癒される。

(ラナにメイドになってもらって正解だったわ)

パティが貸してくれたアクセサリーは、白い小花をかたどったイヤリングとネックレスで、身につけるとユラユラと揺れた。

(清楚系美女好きの私としては、この格好のパティが見たいわね)

そんなことを考えていると、ラナが拍手をしながらうっとりとため息をついた。

「メアリーお嬢様、とってもお綺麗です！」

「ありがとう。あ、そうだわ」

メアリーはメイク道具の中に入っていた、保湿クリームをラナに手渡した。

「これ、私の使いかけで悪いけど、良ければもらってくれる？」

「え？　こんな高級なものいただけません！」

返そうとするラナの手を、メアリーは両手で包んだ。

「ラナ、あなたはとっても可愛いわ。お手入れをすれば可愛い上に綺麗にもなる」

「そ、そんな……」

ラナは暗い表情でうつむいた。

(ラナは今までずっと両親にけなされて育って、自分に自信がないのね。だったら、これから私がたくさん褒めるわ)

「本当よ。ラナ、私はあなたがそばにいてくれるだけで心強いし、癒されるの。ここに来てくれてありがとう」

「お嬢様……」

ラナの綺麗なブラウンの瞳にうっすらと涙がにじんでいる。

「さてと」

身支度が終わったメアリーは立ち上がった。

「さぁ、カルヴァン様のところへ行きましょうか。これが終わったら、あなたにメイクをさせてね。あなたが私の言葉を信じてくれるまで、あなたがどれだけ綺麗か、これからずっと私が証明し続けるから」

ラナは泣きそうな顔で、真っ赤になって小さくうなずいた。

部屋を出ると、カルヴァンが待ちかまえていた。着飾ったメアリーを見て、優しげに目を細める。

「とてもお綺麗です。他の誰にも見られないように、あなたを隠してしまいたいほどだ」

「お上手ですね」

メアリーはクスッと微笑んだが、カルヴァンの瞳は見ないようにした。

（会うたびに誘惑されていたら、私の身がもたないわ）

カルヴァンは左手を自身の腰に当て、エスコートの姿勢を取った。メアリーはその腕にそっと右手を添える。

「ラナは自分のお部屋でゆっくりしていてね」

ラナはうなずくと、満面の笑みを浮かべ、いってらっしゃいと言うように両手で小さく手をふった。

（うちのメイドは、なにをしても可愛いわね）

カルヴァンが「行きましょう」と言ってゆっくりと歩き出した。歩きながら、これからの作戦を話しはじめる。

「ルーフォスに手紙を渡し、中庭に呼び出しました。今の時間帯なら、あそこに人はほとんどいませんから」

それでもまったく人が通らないわけではないだろう。メアリーは困惑した。

「誰かに見られませんか？」

メアリーとしては、これから安全に生きていくために嫁ぎ先を探したいのだ。聖騎士を罵《ののし》っているところを誰かに見られて、また悪い噂が流れたら困る。

「ある程度は仕方ありません。密室ではなにかあった時に、あなたを守れないので」

「なるほど……」

確かに中庭なら、草むらや建物の陰に隠れて見守ることができそうだ。

「わかりました」

大浴場と神殿を繋ぐ渡り廊下が見えた。

カルヴァンは立ち止まり、「中庭の奥、噴水の前にルーフォスを呼び出しました。私はあなたたちが見える場所で待機しています」とメアリーに告げる。

カルヴァンの言葉にうなずくと、メアリーは一人で待ち合わせ場所へ向かった。

(あんな手紙で本当にルーフォスが来るのかしら？)

言われた通り中庭の噴水まで来たが、そこには誰もいない。

穏やかな風が木の葉を揺らす音と、噴水の水音だけが聞こえてくる。

（……もしかして、カルヴァンに騙された？）

少し焦りを感じていると、中庭の砂利を踏む音が聞こえた。

音のほうを見ると、ルーフォスが立っていた。いつもの騎士服ではなく、白いシャツ姿の軽装だ。

（嘘……本当に来た）

メアリーは、少し視線を下にやり、ルーフォスが腰に剣を帯びていないことを確認した。

（いつでも帯剣しているルーフォスが、こんな薄着で剣すら持たずに私に会いに来たの？）

怪訝《けげん》に思いながら、メアリーはルーフォスの顔を見る。

目が合うと、ルーフォスが先に視線をそらした。その青い瞳はよどんでいるように見える。

「俺に……なんの用だ」

いつものように冷たい響きなのに、その声は弱々しい。もし、この姿を他の女性が見たら、どこか影を背負う金髪碧眼の美青年にうっとりしたかもしれない。

（まぁ、アンタがどれだけイケメンでも、私は許さないけどね）

「ルーフォス様」

名前を呼んで一歩近づくと、ルーフォスは再びメアリーに眼を向けた。その青い瞳に暗い熱がこもっている。

（これは……確かに妹を見る目じゃないわね）

まとわりつくような視線を感じながら、メアリーは『カルヴァンの言う通りだったのね』と納得した。

（コイツの歪んだ愛情のせいで、家族に認められたかった過去のメアリーがどれだけ傷つけられたか）

ふつふつと静かに怒りが沸いてくる。それなのに、頭はひどく冷静だった。

「来てくださってありがとうございます」

ふわっと可憐に見えるように微笑みかける。

ルーフォスは一瞬見惚れたような顔をしたが、すぐに眉間にシワを寄せ慌てて顔をそらした。

「私、ルーフォス様に感謝しています」

メアリーはまた一歩近づき、腕を伸ばしてルーフォスのシャツの袖《そで》の端をそっとつかんだ。ルーフォスはビクッと身体を震わせたが、ふり払おうとはしない。

メアリーは上目遣いにルーフォスを見つめる。

「ルーフォス様に会えて良かったです」

ルーフォスの顔がまるで苦痛を受けたように歪んだ瞬間に、勢いよく抱きしめられた。

「……俺は、お前が妹だとわかってから、ずっと忘れようと、この苦しいだけの想いをなかったことにしようと……」

苦しそうな声と共に、ルーフォスの鍛えられた腕や胸板を押しつけられ、気がつけばピッタリと身体が密着している。

「俺は、ずっとお前のことが……」

熱に浮かされたようなルーフォスの顔がゆっくりと近づいてきた。唇を重ねようとしてきたルーフォスを制止するように、メアリーは指でルーフォスの唇に触れた。

「私のことが？」

もどかしそうにルーフォスは熱い息を吐いた。

「メアリー、愛している。一目惚れだったんだ。子どもの頃、俺はずっとお前と結婚するものだと思っていた。唯一、初めて愛した女性が妹だなんてひどすぎる！」

苦痛に顔を歪めながら、うっすらと涙を浮かべるルーフォスを見ても、メアリーの怒りは少しも収まらない。

（この男は、いつも自分のことばっかりなのね……。私《メアリー》の気持ちなんて考えたこともないでしょう）

メアリーはルーフォスの肩辺りにそっと頭を寄せた。抱きしめるルーフォスの腕に、より力が入る。

「私は初めてルーフォス様にお会いした時『こんなに素敵な方が私のお兄様だなんて』と、とても嬉しく思いました」

「メアリー……」

自分の想いが受け入れられたと思ったのか、ルーフォスは嬉しそうにメアリーの名前を口にした。

「だから、私は今まであなたに認めてほしくて、好きになってほしくて、ずっとつきまとっていました」

「ああ、メアリー。俺もお前が好きだ……愛している」

うっとりとした声で愛をささやきながら、ルーフォスがメアリーの髪に触れる。

「今までの私は、とても孤独で愛に飢えていました。だからあなたのためなら、私はなんだってして差し上げたい」

「愛している」とくり返し、ルーフォスの顔がメアリーに近づく。迫ってくる唇をもう一度指で制止すると、メアリーはスッと笑顔を消した。

「でも、それは『伯爵家の中で、ルーフォス様が少しでも私に優しくしてくださっていたら』の話ですけど」

「……メアリー？」

戸惑うルーフォスをメアリーは冷たくにらみつけた。

「お兄様」

兄と呼ばれてルーフォスはハッと我に返ったように、メアリーを抱きしめていた腕を放した。

「お兄様はいつも私を軽蔑して、汚らわしいとおっしゃっていましたね……ありがとうございます。ノーヴァン伯爵家の劣悪な環境の中で、少しでも優しくされていたら、私は身も心も喜んでお兄様に差し出してしまっていましたわ」

前世の記憶を思い出す前。メアリーは、ずっとルーフォスに認められたいと願っていた。愛されたいと願っていた。

ルーフォスの歪んだ想いは、ほんの少しメアリーに優しくするだけで、簡単に遂《と》げられるものだったのだ。

「お兄様の賢明な判断で、私は不道徳な愛に落ちずに済みました。だから、お兄様にはとても感謝しています」

言葉の意味を理解したのか、ルーフォスの顔から血の気が引いた。

（ねぇ、今、どんな気持ち？　絶望してる？　後悔してる？　メアリーが苦しんできたくらいには、あなたも苦しんでる？）

青ざめるルーフォスにメアリーは優しく微笑んだ。

「私、お兄様を軽蔑しています」

少しだけルーフォスの瞳が見開かれた。あれほどひどい態度を取りながら、メアリーに嫌われているなんて思いもしなかったようだ。

「血の繋がった妹を抱きしめるだけでなく、愛をささやき、キスしようとするなんて……汚らわしい」

吐き捨てるように言うと、ルーフォスはふらつき、両膝を地面に突いた。

顔面蒼白でうなだれるルーフォスを見下ろし、メアリーはとどめを刺す。

「二度と私の前に現れないでくださいね。汚らわしいお兄様」

ルーフォスの両肩が小刻みに震え出したのを見て、メアリーは『よし、泣かしてやった』と心の中で満足した。用は済んだのでルーフォスに背を向けて歩き出す。

これまでずっと自分を虐《しいた》げてきた兄への復讐を果たした爽快感。

まるでレッドカーペットを優雅に歩いているかのように心地好い。天から祝福の光が降り注いでいるように心が満たされている。

（ああ、人生で一番、気分爽快だわ）

メアリーはふと思った。

（お兄様に復讐してこんなにも清々しい気分になるなら、父ノーヴァン伯爵とノーヴァン伯爵夫人にも、ぜひとも仕返しをしたいわね）

ルーフォスに仕返しした今だから思えるが、ルーフォス自身もあの毒親たちの被害者とも言える。

（まぁ、ルーフォスのことはカルヴァンがなんとかするでしょ。これをきっかけに、私のことはさっさと忘れて新しい恋でもしてほしいものね。あとは、私が生き残りつつ、うまくノーヴァン伯爵家を潰す方法はないかしら？　それができたら最高だわ）

メアリーは軽くスキップしながら、伯爵家に復讐する素敵な未来を想像してウキウキと心を弾ませた。

（そういえば、結局ルーフォスになにもされなかったから、天才魔導士クリフの防御魔法はまだかかったままよね。これってすごくラッキーだわ。さっきの絶望したルーフォスの顔も最高だったしね！）

にやけながら歩いていると大きな木の後ろからカルヴァンが出てきた。メアリーは慌てて口元を押さえて顔をそらす。

（危ない。ニヤニヤしているところを見られたかしら？）

湧き上がる笑いを必死にこらえていると、カルヴァンに優しく抱きしめられた。低くつらそうな声が頭上から降ってくる。

「あなたはいつも声を殺して泣くのですね」

カルヴァンは、笑いをこらえている姿を泣いていると勘違いしてくれたようだ。

弱っているところをなぐさめて付け入ろうという魂胆だろうか——メアリーは邪推する。

「あなたをつらい目に遭わせてしまい、後悔しております」

笑いが少し収まってきたので、メアリーは『ついでにこっちもハッキリさせておくか』と、そっとカルヴァンを上目遣いで見つめた。

「カルヴァン様。あなたは私にとって、理想のお兄様です」

（ようするに、アンタは恋愛対象じゃないから、女遊びはよそでしてくださいって意味よ。わかるでしょ？）

少し驚いた顔をしたカルヴァンは、「そうですね」と微笑んだ。

「カルヴァン様。これで約束通り、私をパティ様に会わせてくださいますか？」

「はい、もちろんです。明日にでも会えるように約束を取りつけますよ」

「ありがとうございます」

メアリーは「では、私はこれで」と、スルッとカルヴァンの腕からすり抜け、早足で歩き出した。その後ろをなぜかカルヴァンがついてくる。

「まだなにか？」

カルヴァンはメアリーの右手を優しくつかむと、紳士的にそっと手の甲に口づけた。

「これから、私のことは、『お兄様』と呼んでください」

(おーい、どうしてそうなるの⁉)

メアリーは頬をひくつかせながら、「そんな恐れ多い……」と首を横にふった。

「メアリー嬢、男女間の愛などまやかしです。真実の愛などありません。でも、あなたとなら限りなく真実に近い兄妹愛が作れると思います」

(たった今、兄を思いっきりふって泣かせた私に、それを言うか……)

あきれてカルヴァンを見ると、彼はニッコリと微笑んだ。

「私は、あなたの警戒心の強いところと、決して私になびかないところがとても気に入っています。あなたのような女性に出会ったのは初めてです」

(それってモテ自慢？　『俺の誘いを断ったのはお前が初めてだぜ！』的な？　まったく、女性をなんだと思ってるのよ。聖騎士にまともな人間はいないの⁉)

メアリーが精一杯の作り笑いを浮かべて困っていると、カルヴァンは「では、また取引をしましょう」と微笑んだ。

「もし、あなたが私を兄と慕ってくれるなら、そうですね……」

誠実そうな瞳がメアリーを優しく見つめている。

「ハロルド殿下にあなたを斬るように指示されても、助けてあげましょう」

その言葉を聞いてメアリーは作り笑いをやめた。

（この言い方だと、カルヴァンはハロルドに指示されなければ私に危害を加えるつもりはないみたいね。でも、あの腹黒王子の目を盗んで私を助けることができるのかしら？）

カルヴァンはやけに自信満々だ。

（まぁ、信用できるかはさておき、逃げ道は多いほうがいいかもね。せっかくなら、できるかぎりふっかけちゃおうっと）

「……助けるだけですか？」

「他になにが欲しいですか？」

「私を助けた後もずっと命の保証をしてください。あと、最低限の生活保障も。それに、私専属のメイド、ラナはなに一つ罪に問われないことを希望します」

「約束します」

メアリーは満面の笑みを浮かべると、誠実そうに微笑むカルヴァンの手を握った。

「約束ですよ、カルヴァンお兄様」

「もちろんだ、私の最愛の妹メアリー」

心底嬉しそうに微笑むカルヴァンを見て、メアリーは思った。

（妹に恋しちゃうルーフォスといい、女遊びの果てに兄妹ごっこを始めるカルヴァンといい、まともじゃないわね。これを愛の力で更生させる主人公のパティがどれだけすごいか、よくわかったわ）

メアリーは笑顔を顔に張りつけたまま、心の中であきれてため息をついた。

・

上機嫌なカルヴァンにエスコートされながら部屋に戻ったメアリーは、カルヴァンと別れた後、部屋で一人ぐったりとした。

(今日は、朝からハードすぎた……)

カルヴァンにルーフォスのことを相談され、エイベルがメイドのラナを連れてきてくれて、カルヴァンが魔導士クリフを連れてきて、メアリーがルーフォスを泣かせた。

(これだけこなしたのに、まだ夕方にもなっていないなんて……。そういえば、私、お昼ご飯を食べていないわね)

神殿の朝が早いせいか、時間の感覚をつかみづらい。ラナは自分の部屋でゆっくりしているようで、姿はなかった。

(夜ご飯まで、一人でのんびりしよっと……)

ドレスを脱ごうとしたが、背中のファスナーに手が届かない。いちいちラナの手を煩わせたくなかったので、メアリーはドレス姿のままソファに座った。座った途端に全身の重さを自覚する。身体がソファに沈みこんでいくような感覚に身を任せると、メアリーはすぐに心地好い眠りに落ちていった。


どれほど眠っていたのか。カタンッと音がして、メアリーは目が覚めた。室内が夕焼け色に染まっている。

ノックの後、部屋にラナが入ってきた。

「も、申し訳ありません！　わ、私、気がついたら、自分の部屋のソファで寝てしまっていて！」

ラナは、顔を夕焼け色より赤くして、後悔に顔を歪めていた。

「疲れていたのね。大丈夫よ、私も寝てしまっていたから。同じね」

「お嬢様もですか!?　ああっお嬢様！　お着替え、お手伝いします！」

「ありがとう」

ラナに手伝ってもらってドレスを脱ぐと、メアリーはホッと一息つく。それからは、ラナにメイクをしたり、おいしいお茶の淹《い》れ方を教えたりして、のんびりとした時間を過ごした。

日が暮れると、神殿のシスターたちが食事を運んできた。いつもながら量が多いので、ラナと一緒に食べた。

「おいしいですね、お嬢様！」

モリモリと口いっぱいに頬張るラナを見て、メアリーの口元がゆるむ。

「ほんと、おいしいわね」

誰かと一緒に『おいしいね』と微笑みながら食べるご飯の味は、格別だった。

第三章　パティに会えた、けど？

次の日の朝。メアリーは太陽が昇ると同時に目が覚めた。

（神殿にいると夜にすることもないし、すぐに寝るから、すっごく早起きになるのね……）

おかげさまで、肌の調子がとても良い。顔を洗い、修道服を着て身支度を整え、ソファでゆったりしていると、ラナが入ってきた。

「おはようございます！　お嬢様」

ラナは、ニコリと明るい笑顔で挨拶をする。

「おはよう。ラナ、お願いがあるのだけれど……」

メアリーはソファから立ち上がると、昨日着ていたパティのドレスを手に取った。

「これを洗うように、シスターにお願いしてもらえないかしら？」

ラナは瞳をキラキラさせてドレスを受け取った。

「それなら、私でもできますよ！　家ではいつも姉のドレスを洗っていましたから。お嬢様の役に立てて嬉しいです！」

（洗わされていたのね……）

かすかな怒りを覚えつつも、ラナがとても嬉しそうなのでなにも言わないことにした。

「じゃあ、お願いね。今日はパティ様に会えるはずだから……」

メアリーの言葉を遮《さえぎ》るように、コンコンとノックの音が響いた。

「こんな朝早くに誰でしょう？」

ラナが扉を開けると、さわやかな笑みを浮かべたカルヴァンが立っていた。

メアリーが驚いて「カルヴァン様？」と声をかけると、カルヴァンは笑顔のまま「カルヴァン、様？」と、声だけは不服そうにメアリーの言葉をくり返す。

（あ、忘れてた）

メアリーは慌ててカルヴァンに駆け寄った。

「おはようございます、お兄様」

ちなみに、『お兄様』の語尾はハートがついているようにかわいこぶっておく。

カルヴァンは満足そうに微笑むと、「おはよう、メアリー」とささやきメアリーの額にキスをした。

メアリーは『兄妹ってこんな甘々なものだっけ？』と疑問に思ったが、本当の兄であるルーフォスとの関係がめちゃくちゃだったので、正解がよくわからず深く考えることをやめた。

「カルヴァンお兄様が来てくださったということは、パティ様も？」

背の高いカルヴァンの背後をひょことのぞいてもパティの姿はなかった。

「その件だが……ハロルド殿下も同行するそうだ」

カルヴァンが言うには『メアリーがパティに会うなら、私も同席させてもらうよ』とのことらしい。

（くっ、そう来るかぁあ！）

メアリーとしては、パティに会ったらすぐさま土下座して泣いて今までのことを謝りたかった。

そして、なんとか許してもらい、『腹黒王子ハロルドに命を狙われているんです！　私は聖女候補から降りるので、助けてください』と泣きつくつもりだった。

（その場にハロルドがいたら、意味がない……けど、パティをイジメていた私が、もう一度パティに会わせてもらえるだけマシかぁ）

メアリーは丁寧に頭を下げると「ありがとうございます。お兄様」といじらしい令嬢に見えるよう気をつけて微笑んだ。

「いや、パティと二人で会わせてやれず、すまない。それと殿下の予定が詰まっていて、今しか空きがないんだ。今すぐ来てもらってもいいだろうか？」

「はい、もちろんです」

メアリーはラナに「行ってくるわ」と声をかけると、差し出されたカルヴァンの手を取った。


カルヴァンに案内されたのは、つい先日、断罪イベントが行われた部屋だった。

（この部屋にはいい思い出がないのよね……）

文句の一つも言いたいが、言える立場ではないので、メアリーはカルヴァンに続いて静かに部屋の中に入る。

断罪イベントの時とは違い、部屋の中には軽食が置かれたテーブルと二脚の椅子がセットされていて、ハロルドとパティが向かい合って座っていた。

（この状況、あれね。王子様と聖女様の優雅な朝食に割りこんできた空気が読めない悪女メアリーって感じね）

パティはこちらを見ると、紫水晶のように輝く瞳を大きく見開いた。そして、慌てて椅子から立ち上がると、メアリーのそばに来る。彼女のブラウンとピンクを混ぜた上品なアッシュピンクの髪がフワフワと揺れ、甘い香りが漂ってきた。

（はぁ……これぞ正真正銘、本物の清楚系美女）

パティの可憐さにときめきながらも、メアリーはパティとハロルドに向かって深く頭を下げた。

「お食事中にお邪魔して、大変申し訳ありません」

ハロルドは「うん、そうだね」と目を細めた。パティは慌てて『違います』とでも言いたげに小さく首を左右にふる。

メアリーはパティに向き直ると、両膝を床に突いた。

「パティ様。今まで私があなたにしてきた仕打ちをお詫《わ》びしたいのです。本当に申し訳ありませんでした。どのような罰でもお受けします」

さっきより深く頭を下げると、パティの白い手がメアリーの肩に置かれ「そんなっ、やめてください」と悲しそうな声がした。

「メアリーさん、顔を上げてください」

パティの言葉に少しだけ違和感を覚えた。

（あれ？　パティって私のこと、『メアリー様』って呼んでなかったっけ？）

メアリーが顔を上げて、パティの顔をまっすぐ見つめると、パティはなぜか顔を真っ赤に染めた。紫色の大きな瞳が不安そうに左右に揺れている。

「パティ様、こんな私を許していただけるのですか⁉」

「許すもなにも……メアリーさんが無事で良かったです」

メアリーと同じように床に膝を突いて目線を合わせ、顔を赤くしながら微笑むパティ。メアリーは『うわ、可愛すぎ』と思い、わざと彼女に抱きついた。

(女の子同士だから、これくらいは許されるよね！)

「パティ様、ありがとうございます」

パティはメアリーの腕の中で小さな悲鳴を上げて固まっている。

(あれ？　ちょっと馴れ馴れしくしすぎたかしら)

抱きしめていた腕をそっとゆるめると、パティは真っ赤な顔のまま、両腕で自分の身体を守るように抱きしめた。

(あ、嫌だったのね。ごめんねパティ。仲良くなりたかっただけなんだけど……。いや、少しだけ美女に抱きつきたいという、やましい気持ちもあったわ、ごめん)

メアリーは両膝を突いたまま、ハロルドに向き直った。

「殿下、私は聖女候補を辞退いたします」

「だ、ダメっ！」

ハロルドが返事をする前に、パティが叫んだ。予想外のことに驚くメアリーの腕をつかみ、パティは「ちょっとこっちに来て！」と部屋の外に出ていこうとする。驚いたカルヴァンが止めようとしたが、パティが「お手洗いです！」とにらみつけたので、カルヴァンは苦笑して「どうぞ」と道をゆずった。

パティに手を引かれ、神殿の廊下を歩く。途中でトイレの前を通った。メアリーが「パティ様、お手洗いはこちらですよ？」と声をかけると、パティはボッと音が出そうなほど顔を赤くした。

「ち、ちがうんです。お手洗いは言い訳で、メアリーさんと二人で話したくて……」

「だったら、余計にお手洗いに行きましょう」

「ええ!?」

戸惑うパティの手を、今度はメアリーが引っ張った。

「ハロルド殿下や、聖騎士に聞かれたくない話なんですよね？」

パティの耳元でそうささやくと、パティは赤い顔のままコクンとうなずく。二人で女子トイレに入ると、メアリーはトイレの中に誰もいないことを確認してからパティに向き直った。

「で、お話とは？」

パティはとても居心地が悪そうに、もじもじと身体を揺らしている。

「その、メアリーさんが聖女になってください」

「……え？」

「メアリーさんが聖女にふさわしいです！」

「え？　いえいえ、聖女はパティ様のほうですよ」

「無理です、だって、あんなのが聖女になったら国が滅びますって！」

「あんなの？」

パティはハッとして両手で口を押さえた。

「いや、あの、えっと……」

「もしかして……あなた、パティ様じゃない？」

パティはビクッと身体を震わせると、「ど、どうしてわかったんですか？」と顔を真っ青にした。

メアリーは目の前にいるパティを上から下まで眺めた。

（なにかがちょっとちがうのよね……）

メアリーの知っているパティは、可憐な中にも凛《りん》とした強さのようなものがあって、とにかく人を惹きつける魅力を持っていた。

「あなたは、なんとなく、私が知っているパティ様じゃないような気がして……」

偽パティは「そ、そうですよね!?」と何度もうなずいた。

「実はクリフの魔法で、パティ姉ちゃんの格好に化けてるんですけど、む、無理がありすぎるというか……。それなのに、誰も気がつかないし……」

偽パティが言うには、自分は身代わりで、本物のパティは毒殺未遂事件が起こったすぐ後に、心配したクリフによって安全な場所に移されているのだそうだ。

「身代わりだなんて、大変だったでしょう？」

「大変でした……」

偽パティは疲れ切ったように、深く大きなため息をつく。

「さっき『パティ姉ちゃん』って言ってたわよね？　ということは、あなたはパティ様の妹さん？」

ゆるゆると首をふった偽パティは「弟です。カイルといいます」と肩を落とした。

「あら……それは、本当に大変だったわね。お風呂はどうしてたの？」

「あ、風呂の時は、クリフに魔法を解いてもらって、男湯に入っていました」

「そうだったの……」

まさか目の前のパティが男だったとは。

いくら待ってもパティが大浴場に来なかった理由がようやくわかった。

（でも、ゲーム『聖なる乙女の祈り』に、パティの弟なんて出てきたっけ？）

ゲームのことは詳しく覚えているはずなのに、メアリーにはパティの弟に関する記憶が一切なかった。

（現実はゲームとはちがうってこと？　偽パティの言うことを信じていいのかしら？）

メアリーは慎重にカイルに話しかけた。

「どうしてクリフは、あなたをパティの身代わりにしたの？」

「それは……」

カイルは上目遣いでメアリーを見た。中身は男性でも、見た目が清楚系美女なので、その破壊力はすさまじい。

（あああ、まばゆい！）

「実は、うちの姉ちゃん、だいぶ変わってて……。『自分は転生者だから、未来がわかる』って言うんです」

転生者という予想外の言葉を聞いて、メアリーの思考は固まった。それに気がつかず、カイルは腕を組みながら話し続ける。

「クリフはいいやつなんですけど、女の趣味だけすごく悪いんです。それでなぜか、うちの姉ちゃんにベタ惚れで、姉ちゃんのありえない話を全部信じちゃってるんですよ」

ため息をついたカイルと目が合った。カイルは顔を赤くして「あ、えっと」としどろもどろになってすぐに視線をそらす。

「だからその、どうして俺がここにいるかというと、姉ちゃんの指示で、クリフと協力して、メアリーさんを助けるためなんです。姉ちゃんが『このままじゃメアリー様の命が危ない』って言ってて」

カイルは清楚系美女の姿で髪をガシガシと乱暴にかいた。少しずつメアリーと話すことに慣れてきたのか、パティの演技をするのをやめたカイルは、少しガサツな男の子っぽい言動になっている。

「実は俺、今まで姉ちゃんの話なんて、少しも信じてなかったんです。無理やり巻きこまれて迷惑してたっていうか。でも、ここに来て、王子や聖騎士のメアリーさんへの態度を見ておかしいなって。もしかして、姉ちゃんの言う通り、本当にメアリーさんが危ないんじゃないかって思って」

真剣な顔のカイルに、メアリーも真剣な表情を返した。

「あのね、実は私も転生者なの」

カイルの口がポカンと開いた後に「えええ!?」と叫び声を上げる。

「お姉さんの言う通り、このままじゃ私、殺されちゃうのよ。でも、私が聖女になったら、この国が滅んじゃう。パティは聖女になりたくないって言ってるの?」

「あー……ははっ、うちのバカな姉ちゃんは、『これ以上、私が神殿にいたら、聖騎士全員が私を好きになっちゃうから、このままいったん神殿を離れる。私はクリフ一筋だから』って言ってて……」

あきれるカイルに、メアリーは「そうよね。そうなっちゃうわよね」と真面目に返した。

「え？　姉ちゃんって、そんなにモテるんですか？」

「もちろん」

当たり前でしょと言うように返事をすると、カイルは頭を抱えた。

「マジか⁉　ありえねぇ！　なんであんなのがモテるんだ⁉　俺だったら、ぜってぇメアリーさんのほうが……」

カイルは「あ」とつぶやいた後、カァと顔を赤くした。

(あ、そっか。私、今、清楚系美女のふりをしている上に、今日はパティに全力で可哀想な子アピールをしようと思って、わざわざ修道服を着ているから、カイルくんも私を可哀想な女だと勘違いしてしまっているのね)

パティの大切な弟におかしな誤解をさせてしまってはいけない。メアリーは真剣にカイルを見つめた。

「私は聖女にはふさわしくない女だから。命さえ助かればそれでいいの」

「メアリーさん……」

カイルは、ふとなにかに気がついたようにメアリーの顔を見た。

「メアリーさん、この頬の傷、どうしたんですか？」

（あ、ルーフォスに切られた傷、すっかり忘れてた。『いつか可哀想アピールで使えるかも』と思ったまま、治さなかったのよね）

メアリーは慌てて頬に手を当て、傷を癒した。

「これは、ちょっとこけてね」

「こけてって、それって、切り傷ですよね？」

清楚系美女の顔をしたカイルの眉間にシワがよる。

（カイルくんはいい子そうだから、ルーフォスに切られたって言ったら、エイベルみたいに同情しそう……。パティの大切な弟が、私みたいに媚《こ》びて男を利用しようとする悪女にひっかかったら大変だわ）

「あの、カイルくんはそういうのは、気にしなくていいから、ね？」

メアリーが笑いかけると、カイルはムッとした。

「年下ですけど、俺だって男です！　ちゃんとメアリーさんを守れます！　姉ちゃんも『守りたい人ができたらあんたは強くなれる』って言ってたし！」

「あ、いや、今はそういう話じゃなくて……」

「とにかく、姉ちゃんが神殿に戻るまで、俺とクリフでメアリーさんが危ない目に遭わないように守りますんで！」

出会った当初のオドオドした態度が消え去り、カイルはパティの顔でキリッとした表情を作った。

（あっあっ、なんか『少年が初めて守りたいと思える女性に出会って強くなる』みたいな雰囲気になってしまっている⁉　こんなピュアそうな少年の恋心は、私には荷が重いわ！）

メアリーの脳内で、遠くない未来に、カイルに軽蔑しきった瞳を向けられ『メアリーさんがそんな人だなんて思っていなかったです』と言われる映像が流れた。

（いつか、こうなる！　絶対こうなるよ！　いったいどうしたら……）

困り切ってメアリーが両手で自分の顔を覆うと、カイルはオロオロとした後、ぎこちなくメアリーの頭をポンポンとなでた。どうやらメアリーが泣いていると勘違いしたようだ。

（ちがうから！　私、泣いてないから！　カイルくんの優しさがつらい！）

チラッと指の隙間からのぞくと、パティの顔をしたカイルが頬を真っ赤に染めて、これでもかと恥じらっていた。

「うわぁーん、パティったらすっごく可愛いー！」

うっかり理性が飛んでしまい、メアリーは思いっきりカイルに抱きついた。アッシュピンクの髪の清楚系美女が「ちょ、お、俺、男っ！　男なんで！」とメアリーの腕の中で悲鳴を上げる。

「あ、ごめんごめん」

メアリーはカイルに軽い調子で謝った。

（パティも転生者で、しかも私の味方だとわかったら、つい気が抜けちゃった……）

顔を真っ赤にしたカイルは「そういうのは、本当に！　やめてください！」と必死だ。

「そうだよね、ごめんね。カイルくんは男の子だもんね」

「子、じゃなくて、俺は男です！」

ムッとするカイルを見て、メアリーは『子ども扱いされたくないお年頃なのね』と思った。

「とにかく、私たちは本物のパティが神殿に戻ってくるまで待っていたらいいのよね？　パティはいつ頃戻ってこられそうなの？」

「姉ちゃん、聖星祭《せいせいさい》には戻るって言ってました。それまでに用意するものがあるとか、なんとか？」

聖星祭《せいせいさい》とは『その昔、聖女が星に祈って奇跡を起こした』という伝承を基に行われる大きな祭だ。国を上げての催《もよお》しで、たくさんの出店が並び、夜にはお城で舞踏会が開かれる。

ゲーム『聖なる乙女の祈り』の中では終盤にあるイベントで、主人公のパティは、この時点で一番好感度が高いキャラとお祭りデートをする。

（このお祭りが終わると正式に聖女が選ばれるのよね）

エイベルとカルヴァンのルートでは、断罪イベントの時点でメアリーは殺されている。

ルーフォス、ハロルドのルートならその場は投獄されるにとどまるが、結局聖星祭《せいせいさい》の後、聖騎士に処刑されてしまう。クリフルートでのみ、投獄後に修道院へ送られる道中で聖騎士にではなく盗賊に殺される。

（ゲームの内容とはもうだいぶちがってる。エイベル、カルヴァン、ルーフォスのルートへ進むのは免れそうけど、腹黒ハロルドは私を殺したいみたいだから、どうなることやら……）

ため息をつくと、カイルが「大丈夫です！　姉ちゃん無茶苦茶だけど、約束は守るんで！」と励ましてくれた。紫水晶のようにキラキラした瞳がメアリーをまっすぐに見つめている。

「それに、俺もメアリーさんを守るので！」

「あ……うん」

純粋な瞳を真正面から受け止められない。

（今の私に、この穢《けが》れのない瞳は眩しすぎる……）

カイルの言動を見ていると、『清廉潔白な勇者様』とか『少年漫画の熱い主人公』という言葉が浮かんでくる。

（ほんと、そんな感じ。ぜひ清楚系の可憐なヒロインと幸せになってほしいわ）

彼は間違っても悪女に恋してはいけない。メアリーは思った。

「……カイルくん、もうそろそろ、戻ろっか」

「はい！」

元気に返事をしたカイルと一緒に女子トイレから出て、ハロルドが待つ部屋に戻ろうとする途中に、カルヴァンが待ちかまえていた。カイルはパティの顔でカルヴァンをにらみつける。

（カイルくん、その顔じゃにらんでもぜんぜん怖くないよ。むしろ可愛いから）

カイルはメアリーを守るように一歩前に出た。

「またメアリーさんの監視ですか？」

「護衛と言っていただきたいですね」

苦笑したカルヴァンはメアリーに向かって微笑みかけた。

「パティ嬢とは話せたか？」

「はい、おかげ様で」

「では、行こうか」

カイルを追い越し、差し出されたカルヴァンの手を取ると、メアリーはパティ姿のカイルに微笑みかけた。

「パティ様、私はここで失礼します」

「メアリーさん！」

腕をつかまれた。カイルは真っ赤になりながら、なにか言いたそうな顔をしている。

（中身はカイルくんだとわかってても、可愛いわね……）

メアリーは『心配しないで』という意味を込めてカイルの手を一度握ってから、そっとふりほどいた。

「パティ様。お話しできて良かったです。ありがとうございます」

心の底から感謝を伝えると、パティは赤い顔のままコクリとうなずく。カルヴァンがいるせいで、これ以上の会話はできない。パティに背を向けるとメアリーはカルヴァンと共に歩き出した。

（今まで自分一人の力でなんとか生き残らないとって思っていたけど、まさかパティも転生者だったなんて）

しかも、メアリーのことを助けようとしてくれている。

（なんだか、ホッとしちゃった）

「あっ」

気がゆるみ、なにもないところでつまずいたメアリーを、カルヴァンが「おっと」と言いながら支える。

「うわの空だな」

(そういえば、カルヴァンは私の『警戒心の強いところ』を気に入ってるんだったっけ。こんな気の抜けた姿を見せたら嫌われる……って、もう嫌われてもいっか)

パティ、カイル、クリフが味方になってくれた今、もうカルヴァンに媚《こ》びを売る必要性を感じない。

(嫌われてもいいって気楽でいいわね。あーあ、お腹すいた。部屋に戻ってラナと一緒に朝ご飯を食べよっと)

ぼんやりとそんなことを考えていたら、カルヴァンが苦笑した。

「急に警戒心をといたな。これは、妹に『信頼されている』と思っていいのかな?」

もうどうでも良くなって、コクコクとうなずくと、カルヴァンはメアリーを抱きかかえた。急にお姫様抱っこをされたが、もう苦情を言う気力もない。特に抵抗もせず、カルヴァンの胸元に顔を寄せると頭にキスが降ってきた。

「妹に甘えられるのが、こんなに嬉しいことだなんてな」

嬉しそうなカルヴァンの声を聞きながら、メアリーは『もうなんでもいいわ……』と考えることをやめた。

カルヴァンにお姫様抱っこをされたまま部屋に戻ると、エイベルが待ちかまえていた。

「どういう状況だよ⁉」

そう突っこまれたが、メアリー自身もどうしてこうなっているのかよくわからない。

カルヴァンはさわやかに笑いながら、「こういう状況だよ」とエイベルをからかっている。

「ねぇねぇメアリー！　今日、一緒に買い物に行こうよ！　神殿にはちゃんと外出許可を取ったからさ」

「え？　でも、私、お腹がすいて……」

エイベルは「街でたくさんおいしいものを食べさせてあげるから」と、メアリーの手を引いた。

（エイベルにも、もう同情してもらわなくてもいいんだ……）

カイルと出会って、張りつめていた緊張の糸が切れてしまった。あとはパティが神殿に戻れば、生き残ることができるだろう。

（こういうのなんていうんだっけ……えっと、確か、燃え尽き症候群？）

『なにをしてでも生き残る』という過酷な目標を達成した後の虚無感というか、気だるさというか。なにもする気が起こらない。

エイベルに腕を引かれ、メアリーは気がつけば豪華な馬車に乗りこんでいた。

「……あれ？」

向かいには、上機嫌のエイベルが座っている。

「まずは、服を買わないと。まさか修道服姿の令嬢をあっちこっちに連れ回すわけには行かないから」

人懐っこく笑うエイベルを、メアリーはぼんやりと見つめた。

「ん？　メアリーもしかして馬車に酔ったの？」

「あ……いえ」

この気持ちをどう説明したらいいのか。

「なんだか安心して気が抜けてしまって……」

エイベルは「ふーん」と言いながら、まんざらでもなさそうに口元をゆるめた。

「まぁ、僕もこう見えて結構強いし！　一緒にいて安心する気持ちもわからなくないけどさ」

(好かれても嫌われてもいいって、本当に楽ね……)

そんなことを思いながら目を閉じると、エイベルが立ち上がる気配がした。メアリーがうっすら瞳を開くと、隣に座ったエイベルが「寄りかかっていいよ」と肩を貸した。言われるままに肩に頭を寄せると、彼は満足そうにうなずいた。

カタカタと揺れる静かな馬車の中、浅い眠りに落ちたメアリーは本物のパティに会う幸せな夢を見た。


馬車を降りると、浮かれた様子のエイベルに手を引かれ高級そうな店に連れていかれた。礼儀正しい店員たちに囲まれたメアリーは、髪を整えられ、綺麗なドレスを着せられる。

鏡の中には、金色の豊かな髪を結い上げ、レースのフリルがたくさんついた薄ピンク色のドレスを着た儚げな美女が立っていた。

(エイベルってこういう女性が好みなのね。……うん、私もすごく好き)

エイベルは「すっごく似合うね。次、これ着てみて」と、メアリーに白いワンピースを差し出した。今までのものとは違い、スカート丈が膝下くらいで動きやすい。

「メアリーが試着したやつ買うね。あとはお店の人に言って、メアリーに似合いそうなドレスを選んで神殿に送ってもらうよ。今着ているワンピースはそのまま着ていこう！」

エイベルはお店の店員さんに話をつけると、メアリーの手を優しく引いて街へ出た。

街で遊び慣れているのか、エイベルはあちこちに連れていってくれた。屋台のおいしいものを食べたり、楽しいものを見せてくれたり。気がつけば、メアリーは笑っていた。

「やっと笑ってくれた」

そう言ったエイベルは顔をのぞきこんで、優しい笑みを浮かべていた。

「ずっとぼんやりしてたから、ちょっと心配してた」

温かい眼差しを向けられた途端に、メアリーは罪悪感に襲われる。

(こんなに優しい人を騙して。もうやめないと……)

「あの、エイベル様」

声をかけたと同時にエイベルが「あ！」と指さした。

「あそこの広場のクレープ屋さん、すっごくおいしいから！」

エイベルが指さすほうを見ると、屋台が出ていて、大勢の人が並んでいる。

「僕が買ってくるから、メアリーはちょっとここのベンチに座って待ってて！」

満面の笑みを浮かべてエイベルは走り去った。そして、屋台の列の一番後ろに並ぶ。

(戻ってくるまで、しばらくかかりそうね)

メアリーは言われた通りにベンチに座ると、青く晴れ渡った空を見上げた。街路樹が風を受け、木の葉を優しく揺らしている。広場からは、人々の楽しそうな声が聞こえてきた。

(こんなにのんびりできる日が来るなんて夢みたい……)

しばらく待っていると、エイベルが両手にクレープを持って戻ってきた。

「メアリー、クレープ買えたよ！　食べよ、食べよ！」

赤い髪を揺らしながら、エイベルが子どものようにぴょんぴょん跳ねた。

(他の成人男性がやったらドン引きだけど、童顔のエイベルだと、ただただ可愛いわね)

メアリーはエイベルからクレープを受け取ると、二人で並んでベンチに座った。

(そういえば、この世界のパティは魔導士クリフ一筋だから、他の攻略対象たちはパティに助けてもらえないのよね。ということは、エイベルも……)

ゲーム『聖なる乙女の祈り』で、エイベルは父、フランティード侯爵の失脚を狙う過激な王族派の陰謀に巻き込まれる。エイベルが庶子であるという秘密が弱みとなって、フランティード侯爵が、腹黒王子ハロルドの暗殺未遂の犯人にされてしまうのだ。

父を救うためにエイベルは聖女候補のパティと協力して真犯人を捜し、その過程で二人は心を通わせていく。

(政治の難しいことはわからないけど、この国は神殿の力が強すぎて、王族派の立場が弱いのよね。

まぁ、聖女がいないと滅んじゃうような設定だから仕方ないのかもしれないけど……）

隣に座っているエイベルが「はい、あーん」と自分のクレープを差し出したので、メアリーはなにも考えず一口もらった。

（腹黒王子ハロルドのルートをプレイするとわかるけど、国中から身分関係なく、聖女候補や聖騎士が選ばれるから、王家や王族がないがしろにされがちなのよね）

エイベルが「僕もちょーだい」と言って、メアリーのクレープを一口食べた。

（私はなにもしてあげられないけど、エイベルにはすごくお世話になっているから、幸せになってほしいわ）

ふと横を見ると、エイベルの可愛らしい顔がすぐそばにあった。

「きゃっ⁉」

悲鳴を上げるとエイベルが右手を伸ばして、メアリーの頬をそっと親指でなでる。

「驚かせてごめんね。でもメアリー、ほっぺにクリームがついてたから」

そう言いながら、エイベルは親指についたクリームをペロリとなめた。そして、「またボーッとしちゃって。ほんと、メアリーは危なっかしいなぁ」と楽しそうに笑う。

（い、イケメンが急に至近距離に来ると心臓に悪いわ）

早々にクレープを食べ終わったエイベルは、青空を見上げて「はぁ」とため息をついた。

「僕ってさ、将来、侯爵になるでしょ？」

「そうですね」

「メアリーだから言うけどさ。実は、侯爵になったら、こんな風に自由にできないから嫌だなってずっと思ってた」

権力を持つ者には、持つ者なりの悩みがあるようだ。

エイベルは両手を上げると頭の後ろで組んだ。

「僕は侯爵家の大切な一人息子だし、みーんな僕には優しいし、なんでも欲しいものは手に入るし、聖騎士にも選ばれちゃうし、しかも顔までいいなんて、ちょっと完璧すぎない？」

（突っこみを入れたい気分だけど、事実だから否定できないわ）

「正直に言うと、ちょっとつまらなかったんだよね……刺激が足りないっていうか」

口をとがらせてそう言うエイベルに、メアリーは『もうすぐ泣きたくなるくらい刺激的な事件が起きちゃうわよ』と思った。

「だからさ、今だから言うけど、メアリーが毒殺未遂事件の容疑者になった時、ちょっとテンション上がっちゃって……」

「え？」

エイベルは慌てて両手をふる。

「ちがうよ!?　メアリーをひどい目に遭わせたいとかじゃなくて！　その、僕の退屈すぎる日常が、急に非日常になった気がして。でもさ……。メアリーはすっごく大変な目に遭ってたのに、今まで誰にも助けてもらえなかったこととか、メイドがメアリーを陥《おとしい》れようとしていたこととか。いろいろ見て気づいたんだ」

緑色の瞳がどこか悲しそうに遠くを見た。

「僕がつまらないのは、僕が子どものように、周りに守られていたからだって」

「そう、でしょうか？」

「うん、そう。だって、メアリーと出会って、自分の意志で誰かのために動くようになったら、急にうまくいかないことがたくさん出てきたんだ。今日、外出するために神殿に許可を得るだけでも、結構大変で。家にいたら、なにも言わなくても周りが全部やってくれたからさ」

エイベルは急に頬を赤くした。

「そういうのって、なんか、すっごくカッコ悪いよね」

照れ笑いをしながら、頬を指でかいている。

「だから、これからはもっと真面目に勉強するし、ハロルド殿下とも親しくしようかなって。メアリーみたいにつらい思いをしてる人って、この国にたくさんいると思うんだよね。そういうの、どうしたら減らせるのかな？　せっかく聖騎士になって、殿下と会う機会が多いんだから、国の未来について話すのも楽しそうじゃない？」

ニコリと微笑んだエイベルが、なぜか急に大人っぽく見えた。

（エイベルがハロルドと仲良くなったら、ゲームのような事件は起こらないかもしれない）

そうだったらいい。メアリーは思った。

（うん、パティに選ばれなかったからといって、攻略対象者の皆が、幸せになる道がないわけじゃない！　きっと大丈夫な気がしてきた。私は余計なことは気にしないで、今まで通り私が生き残る

ことだけを考えていても、いいんだ）

　メアリーはエイベルに微笑みかけた。

「エイベル様のお話を聞いたら、すごく嬉しい気持ちになってきました」

　少し驚いたエイベルが、急に猫のように擦り寄ってきた。

「ねぇねぇ、メアリー。聖女候補辞めない？」

「え？　まぁ、辞める気ですけど？」

「ほんとに⁉」

「はい、だって聖女はパティ様がふさわしいと思っていますから」

「だったらさ、僕のそばにいなよ。なんでも欲しいものあげるよ。たくさん可愛がってあげるから」

「可愛がるって……。エイベル様、私のことペットかなにかと間違えていませんか？」

　エイベルは、少し残念そうに「そうかもね」とつぶやいた後に「メアリーは、ほんと可愛いなぁ」と微笑んだ。

　エイベルと街で遊んで、日が暮れる前にメアリーは神殿に戻った。物音が聞こえたのか、すぐにラナが部屋に入ってくる。

「お帰りなさい、メアリーお嬢様」

　ニコニコと可愛らしいラナに、お菓子のお土産を手渡すと、ラナの綺麗な瞳がさらに輝く。

「いただいていいんですか⁉　ありがとうございます！」

ラナは「そうだ」と言いながら、クローゼットからパティに借りたドレスを取り出した。

「綺麗に洗って干しておきました！」

「ありがとう。これでパティに返せるわ」

えへへと嬉しそうにラナは笑った。

「あ、そういえば洗い場のシスターたちが話していたんですけど、聖星祭《せいせい》が近いので、聖女候補様が忙しくなるって言ってましたよ」

「ああ……」

そういえば、ゲームでも、『聖星祭《せいせい》の前に、聖女候補がお祭りの成功を祈る』というイベントがあった。

（もう聖女候補なんて辞めてもいいんだけど、パティが来るまで大人しくしておいたほうがいいわよね）


数日後、メアリーは二人のシスターに連れられて神殿内の泉へ向かった。聖女候補の務めとしてここで身を清めるのだという。

フードをかぶったシスターの一人が、「ここでお着替えください」と丁寧に頭を下げる。隣を見れば、同じように連れてこられたパティの姿があった。

メアリーが『久しぶり』という意味を込めて微笑みかけると、パティは頬を赤くした。

（さぁ、着替えてさっさと終わらせよーっと）

ガバッと服を脱ごうとすると、「ぎゃあ⁉」と隣で悲鳴が上がる。

「え？」

見るとパティが両手で顔を覆っていた。

「どうしたの⁉」

「ちょ、メアリーさん！」

パティは小声で「男！　俺、男です！」と必死に訴えている。

（あ、そうだった。パティはカイルくんだった）

そうは言っても、身を清めるための衣装に着替えないといけない。

「じゃあ、カイルくんはそのまま目をつぶってて。その間に私は急いで着替えるから」

コクコクとうなずくカイルを確認してから、メアリーは急いで服を着替える。着替えが終わると、真っ赤なカイルの耳元で「もう大丈夫だよ」と小声でささやく。

「今度は私が目をつぶっているから、カイルくんが着替えてね」

カイルは赤い顔のままうなずいた。メアリーが目をつぶっていると「布、うっす⁉　こんなの着るのか⁉」と戸惑いの声が聞こえてくる。

（まぁ、普通は女の子同士だから。むしろ、裸でも問題ないくらいだもんね）

しばらくすると、「俺も着替えました」とささやく声がする。着替え終わったのを確認したのか、シスターたちが近づいてきた。手にはそれぞれ銀色に輝く杯《さかずき》を持っている。

「聖女候補様の身を内側から清めるための聖水です」

緊張しているのか、メアリーに杯《さかずき》を差し出す若いシスターの手が震えている。

（慣れていないのかしら？）

杯《さかずき》を受け取ろうとしたメアリーの手をカイルがつかんだ。そして、パティらしくない固い声を出す。

「それ、飲んで」

カイルは、メアリーに杯《さかずき》を差し出している若いシスターをにらみつけ、鋭く言い放った。年配のシスターが「しきたりに反します」と反対したが、カイルは少しもゆずらない。若いシスターは不安そうに、パティの姿をしたカイルと年配のシスターを交互に見る。

「いいから。一口飲んで」

仕方がなくパティの杯《さかずき》を持った年配のシスターが戸惑いながら杯《さかずき》に口をつけた。

「パティ様、これでよろしいでしょうか？」

「……」

カイルはもう一人のシスターをにらみつけた。若いシスターの杯《さかずき》を持つ手が、中身がこぼれそうなくらい震えている。

「あんたも飲め。毒でも入ってなければ飲めるだろ？」

若いシスターは浅く荒い呼吸をくり返し、急に杯《さかずき》を投げ捨てると、出入り口のほうへ走った。それをカイルが追いかける。カイルはすぐに追いつき、若いシスターを床に押し倒し左腕をしめ上げた。悲鳴を上げたシスターはガクガクと震えながら「お、お許しを！　お許しを！」と懇願《こんがん》する。

「誰に頼まれて、メアリーさんの杯《さかずき》に毒を入れた⁉」

「わ、わかりません！　顔は見ていません！」

「犯人をかばってもムダだ。どちらにしろ、もうあんたの人生は終わりだ」

「い、言う通りにしないと殺すと脅されたんです！　お慈悲を！」

パティの顔をしたカイルは『どうする？』と言いたげに、メアリーを見た。

（まぁ……主犯は私を殺したいノーヴァン伯爵夫人か、腹黒王子ハロルドだよね。今のところ他に私が毒を飲んで得しそうな人は思い当たらないし……。うーん、夫人が、神殿のシスターを脅迫するなんてことできないだろうから、神殿に出入りしている腹黒ハロルドの命令だろうなあ）

しかし、聖女候補は毒を飲んだくらいじゃ死なない。

（ハロルドはそのことを知らないのかしら。それか知った上で、私に『聖女候補を辞めろ』と警告をしているとか）

泣きながら命乞いをしている若いシスターが、悪女として断罪されたゲームのメアリーの姿と重なる。

（私が早く聖女候補を辞退しなかったから、こうなっちゃったんだとしたら。ある意味、このシスターは被害者だわ）

「私は、彼女を許します」

「……は？」

カイルは「今、メアリーさんは、殺されそうになったんですよ！」と怒鳴った。

「そうだけど、私も悪かったから……」

「メアリーさんのどこが悪いんですか⁉」

「あー、今までの私の態度とか性格とか？」

「はぁ⁉」

「まぁまぁ、とりあえずパティ、彼女を放してあげて、ね？」

カイルが納得いかなそうに、シスターの拘束をといた。若いシスターは「ありがとうございます！　ありがとうございます！」と泣きながら何度も床に頭をこすりつける。その様子を見ていたカイルと年配のシスターは、『これからどうするの？』とでも言いたそうにメアリーを見た。

「とりあえず、あなたは今すぐ、ここから逃げましょうか」

メアリーは、土下座している若いシスターの肩をポンッと叩いた。

(彼女が腹黒ハロルドから逃げきれるかはわからないけど、ここにいたら確実に消されるだけだもんね)

困惑して顔を上げたシスターに、メアリーは微笑みかけた。

「この事件はなかったことにするわ。どこか遠くへ逃げ延びて幸せになって。巻きこんでごめんなさいね」

「め、メアリー様……」

ボロボロと涙を流す若いシスターの手を引いて立ち上がらせる。

「さぁ、早く逃げて」

うなずいた若いシスターは「こ、このご恩は一生忘れません！」と言いながら駆けていった。

若いシスターの後ろ姿が見えなくなってから、メアリーはため息をついた。

「ふぅ……そういうわけで、このことはなかったことにしてくれるかしら？」

年配のシスターは「自らを手にかけようとした者にすら慈悲を与えるだなんて、メアリー様、あなたこそ真の聖女様です！」と感動で震えている。

（いや、真の聖女様はパティだから！）

カイルも瞳をキラキラさせながら、「メアリーさん、すげぇ……」と興奮している。

（しまった、余計な誤解を与えてしまったわ）

メアリーが話題を変えようと、「カ……パティ、助けてくれてありがとう」と礼を言うと、カイルは「俺、メアリーさんを守れてすっごく嬉しいです！」と頬を赤くする。

（どうしよう、カイルくんの私への好感度がムダに上がってしまったような気がする）

パティの純粋な弟が『悪女メアリーに恋をする』なんてことは避けたい。

（以前のメアリーは、愛されたいと思いながら皆から嫌われていたのに、『もう愛されなくていい』と思った途端に好かれるなんて、本当に人生は思い通りにいかないわね）

その後、メアリーの慈悲深さに感動した年配のシスターとカイルは、メアリーの意思を尊重してこの事件をなかったこととして扱ってくれた。

（神殿側としても、これ以上問題を起こしたくないものね）

儀式中、パティの顔をしたカイルは「なにが起こっても、俺が必ずメアリーさんを守りますから！」と胸を張る。

（はぁ……間違いで上がってしまった好感度は、どうしたら下がるのかしら）

何事もなく儀式は終わり、メアリーが自分の部屋に戻ると、扉の前でカルヴァンが待ちかまえていた。

メアリーが笑みを浮かべながら「お兄様」と駆け寄ると、カルヴァンはめずらしく少し困った顔をした。

「メアリー、ハロルド殿下がお呼びだ」

（腹黒王子め……。ちょうど私も話があったのよ。そっちから呼んでくれるなら、望むところだわ）

素直に「わかりました」と微笑みかけると、カルヴァンは心配そうな顔でメアリーの頭をそっとなでた。

（心配してくれているのかしら？）

もしそうなら、今までの努力もムダではなかったのかもしれない。

（『お兄様』って呼んだら『助けてくれる』って約束もしたし、カルヴァンに後ろから切られることはないでしょう。それに、もし切られたとしても、まだクリフの防御魔法がかかっているから無傷で逃げ出せそうだし）

メアリーは覚悟を決めてカルヴァンの後をついていった。

案内された神殿の一室に入ると、ハロルドが優雅にお茶を飲んでいた。

メアリーはスカートを少し持つと、深く頭を下げる。

「お呼びいただき光栄です、殿下」

ハロルドは「うん」と穏やかにうなずくと、メアリーを見つめて優しい笑みを浮かべた。それは、ゲームで語られた彼の本性を知らなければ、思わず見惚れるような美しい微笑だった。

（この笑顔が怖い……）

美しいハロルドには、メアリーがいくら可哀想な美女のふりをしてもまったく通用しない。

（ゲーム『聖なる乙女の祈り』では……）

この国のただ一人の王子ハロルドは幼い頃から、父である国王が神殿と貴族たちの傀儡《かいらい》にされている姿を見て育った。『自分は、決してああはなりたくない』という思いから、王家が権力を取り戻すことを強く望んでいる、というキャラクターだ。そして、目的のためには手段を選ばない残忍さも持っている。

（ようするに、ものすごく美形で、ものすごく頭が切れる怖い王子様ってことよね）

ゲームの主人公パティには、最初は利用しようと近づくが、パティの純粋さに触れ、次第に心惹かれていくようになる。

目の前のハロルドは、メアリーに座るように勧める気はないようだ。仕草は優雅で穏やかだが、王族として誰よりも高いプライドを持っている。彼を侮《あなど》るような態度を取ってはいけない。ハロルドの許しがあるまで、メアリーは口を開かず、ただ静かに待つことにした。

ハロルドは手に持っていたカップを置くと、紫水晶のように美しい瞳をメアリーに向けた。

「毒を盛られそうになったんだって？」

「はい、殿下。その件ですが、私を聖女候補から外していただけないでしょうか？」

「急にどうしたの？」

サラサラの黒髪をハロルドは長い指で耳にかけた。

(急もなにも、それがアンタの望みでしょう⁉)

メアリーはハロルドに顔が見えないように深く頭を下げた。

「毒を盛られそうになったのは、全て私の今までの行いのせいです。私は聖女にふさわしくありません。どうかお慈悲を」

ハロルドは「ふーん」と小さくうなずくと、メアリーの後ろに控えていたカルヴァンに視線を向けた。

「カルヴァン、席を外してくれ」

少しためらったカルヴァンを見て、ハロルドは美しい微笑を浮かべた。

「どうしたの？　お気に入りのおもちゃを取られたような顔をして」

「……いえ」

「おもちゃなら、また新しいのを探せばいい」

「はっ」

カルヴァンは右手を胸に当てると礼儀正しく頭を下げて、部屋から出ていった。

(ちょ、カルヴァアアアン⁉　私を助けてくれるって言ってたよね⁉　可愛い妹を見捨てる気⁉

あのクズ野郎ぉおお！　ちょっとでも助けてくれるかもって信じた私がバカだった！）

泣きたい気持ちを怒りに変えて、メアリーはハロルドをにらみつけた。

「それで、メアリー。毒を盛ろうとしたシスターを許したんだってね」

（ていうか毒を盛られたことといい、いったい誰から聞いたのよ!?　あの事件のことはなかったことにしたのに、もう自分が犯人ですって言っているようなものじゃない！）

「はい。彼女は誰かに脅されていたようなので」

「ふーん。……君は本当にあのメアリー・ノーヴァンかな？」

「どういう意味でしょうか」

美しい黒髪の下で、紫色の瞳が楽しそうに細められた。

「私はね、自分で考えもせずに己の運命にあらがおうともしない、愚かな操り人形が大嫌いなんだ。見ているだけで虫唾が走るよ」

自分の父のことを思い出しているのか、暴言を吐きながらも、王子はあくまで美しい笑みを浮かべている。

「つい最近まで、君はそういうお人形だったよね？　ノーヴァン伯爵に作られた、聖女になるためだけのお人形、それが君だ」

（なるほど、ハロルドはメアリーの存在自体が気に入らないのね。それなら私が聖女候補を辞めたくらいじゃ、見逃してくれないかも。そんなハロルドの敵意をそぐために、なにか糸口はないかしら……？）

ハロルドは、机に両肘を突くと指を組み、その上に顔を乗せた。まるでアイドルのようなそのポーズがやけに絵になる。

「でも、今の君はちがう。必死に自分の力で生きようとしている。なにが君をそこまで変えたのかな？　私は初めて君に興味を持ったよ」

（これだ！）

ハロルドに可哀想な清楚系美女のふりは通用しない。その代わり、ハロルドは自分と同じように、運命に立ち向かおうとする人間に好感を持つようだ。

（それって、悪女メアリーの死の運命からなんとか逃げ出そうとしている、今の私の本音をぶつければいいってこと？）

メアリーはまっすぐハロルドを見つめた。

「私、死にたくないんです。伯爵家で一方的に痛めつけられるのも、聖女になるよう強いられるのも嫌。……これからは、自分のために生きたいんです」

「そのためには、今まで君をないがしろにしていた、エイベルやカルヴァンに媚《こ》びを売ることもいとわない？」

無言でうなずくと、ハロルドは笑った。

「エイベルは、君にいろいろと貢《みつ》いでいるし、カルヴァンもさっきの様子では君がお気に入りのようだ。うん、いいね。そういうなりふり構わない努力、嫌いじゃないよ」

「殿下、どうしたら私を見逃してくれますか？」

「そんなばか正直な言葉を使うから、君は他人に利用されてしまうんだよ。そんなに無知で無力じゃ『殺してください』と言っているようなものだ」

こちらに向けられたハロルドの瞳はとても冷たい。

「君も利用されたくなかったら、もっと大局を見て、利用する側に回らないとね」

ハロルドの言葉は確かに的を射ている。けれど、メアリーにはハロルドの知らない、ゲームの知識がある。メアリーは、冷たい瞳をおびえることなく見つめ返した。

「殿下のおっしゃる通り、私は無知で無力です。でも、私が殿下の知らないこと知っていたらどうしますか？」

ハロルドはフフッと優雅に微笑んだ。

「そうだね、それが本当なら少しは利用価値がありそうだ。私は、王家にたてつく貴族派であるノーヴァン伯爵の令嬢メアリーが聖女になることを避けたくてね。だから、君が聖女候補から外れるように仕向けた後で、君を暗殺しようと思っていたんだよ」

ニコリと無邪気に微笑まれて、背筋が寒くなる。

「でも、今の君を見て気が変わった。その私が知らない知識とやらを生かして、なにか一つでも私の役に立ってみてよ。役に立つ者には私も慈悲を与えるよ」

「わかりました。必ず殿下のお役に立ってみせます」

メアリーは深く頭を下げた。

（なーんてね。もう聖騎士は誰も信用しないから！　これは、ハロルドの味方になったふりをして、パティが来るまで時間を稼ぐ作戦よ！）

ハロルドがメアリーに向かって『もう用はない』とばかりに右手をふったので、メアリーはすぐに部屋を後にした。慎重に扉を閉め、神殿の廊下に出ると安堵のため息をついた。

（はぁ、なんとか生きてあの部屋から出られたわ）

顔を上げると、部屋の扉の前で待ちかまえていたカルヴァンと目が合った。カルヴァンはさわやかな笑みを浮かべている。

（私を裏切っておきながら、よくもそんなさわやかスマイルを……）

メアリーが怒りを込めてにらみつけると、カルヴァンは苦笑した。

「すまない。殿下には逆らえない」

「もう知りません。さようなら、カルヴァン様」

『カルヴァンを兄と慕えば、ハロルドから守ってくれる』という約束は守られなかった。おかしな兄妹ごっこはこれで終わりだ。

カルヴァンに背を向けて歩き出すと、メアリーは右腕を引かれてくるりと回され、気がつけばカルヴァンの腕の中に収まっていた。

（まったく、本当に女性の扱いがうまいんだから……）

身長差も体格差もあるカルヴァンにこういうことをされると、まったく身動きが取れなくなってしまう。そもそも最初から力で勝つことはできない。

「私はもうあなたの妹ではありません。こういうことはやめてください」

冷たく言い放つとカルヴァンは「私は、殿下がメアリーを害さないとわかっていたから二人きりにしたんだ」と弁明しながら、メアリーの頭の上に軽くあごを置いた。

「殿下は直接手を下さない。殿下の剣は私だからな。手を汚すのは私の仕事だ。だから、私に部屋から出ていけと言うなら、危害を加えない……むしろ、『メアリーのことが気に入ったから二人きりにしろ』ということだ」

まるで小さい子どもをあやすように、腕の中でゆらゆらと左右に揺らされた。低く落ちついた声が、さとすように頭の上から降ってくる。

「私が出ていくのを少しためらってしまったのは、殿下に可愛い妹を取られそうで嫌だったからなんだ」

そうささやくと、メアリーの額にキスが降ってきた。

「それに、メアリーもメアリーだ。どうして聖女候補を辞めるために殿下の許可を得ようとしたんだ？　本当に辞めたかったら、神殿の大神官にでも申請したらいいものを」

（あ、そっか。ゲームの知識でハロルドが怖いことを知っていたから、ついハロルドの許可がいると思いこんでいたわ）

この世界では、王族より神殿のほうが強い力を持っている。王子であるハロルドを通さず、大神官に直接申し出ても問題はない。

「聖女候補が、神殿の大神官より殿下の意見を優先すれば、殿下だって悪い気はしない。だから、殿下に興味を持たれてしまったんだぞ」

カルヴァンの言葉は、うっかり者の妹を注意するようで、どこか優しい。

「そうですね、間違えてしまいました」

ただ、腹黒ハロルドはメアリーを暗殺するつもりだったらしいので、結果的にはハロルドに興味を持たれて良かったのかもしれない。

そしてカルヴァンの言う通り、もしメアリーがハロルドに気に入られて、危害を加えられる心配がないのなら、もはやカルヴァンに守ってもらう必要はない。

「カルヴァン様、兄妹ごっこはこれで終わりです」

カルヴァンは「とても残念だ」と言いながら腕の中から解放してくれた。しかし、メアリーが部屋に戻ろうと歩き出すと、その後をついてくる。

「まだなにか？」

「殿下から、メアリー嬢の護衛をするようにと言われているので」

カルヴァンは、右手を自身の胸に当てると礼儀正しくメアリーに頭を下げた。


メアリーが自室に戻ると、部屋の中にはなぜかルーフォスがいた。居心地が悪そうに部屋のすみで小さくなっていたラナが、メアリーに気がつきパァと明るい笑みを浮かべる。

「お嬢様、お帰りなさいませ！　あの……」

ラナは困ったようにルーフォスを見やった。

「ルーフォス様がいらっしゃっています」

「わかったわ」

ラナには『どうしてルーフォスを部屋の中に入れたの？』とか、ルーフォスには『よく私の前に姿を現せたな』とか、いろんな思いが頭をよぎったが、ひとまず状況を判断するために『話を聞こう』とメアリーは決めた。

「どういったご用件ですか？」

淡々と質問すると、ルーフォスはメアリーから少し視線をそらした。

「大神官様から、お前の護衛に付くよう指示を受けた」

「護衛……？」

「お前が、毒を盛られそうになったと聞いた」

（だから、どうして皆、その情報を知っているのよ⁉　年配のシスターが神官に報告でもしたのかしら？　私の情報ダダ漏《も》れだわ）

メアリーはため息をつきながら、ルーフォスを見た。

「そうですが、それがなにか？」

「これ以上、神殿内で不祥事を起こすわけにはいかないからな」

「まるで私が不祥事を起こしたかのような言い方ですね」

にらみつけると、ルーフォスは「あ、いや……」と言葉を濁《にご》した。

「どうして護衛が、よりによってあなたなのです？」

「それは……『未婚の男女が四六時中一緒にいるのはよくない、血の繋がりがある兄妹なら問題ないだろう』と言われて……」

「あなたの護衛はお断りします」

「しかし、神殿内において、大神官様の命は絶対だ」

カルヴァンが後ろからツンツンとメアリーの服を引っ張った。ふり向くと、さわやかな笑みを浮かべながら「助けてあげましょうか？」とささやいてくる。

（うっ、このままルーフォスが護衛になってずっと監視されるか、カルヴァンに助けてもらって、また兄妹ごっこに付き合わされるか……正直、どっちもすごく嫌だけど……）

悩んだ末にメアリーはカルヴァンの腕にそっと寄りそった。

「私の護衛は、カルヴァン様がいらっしゃるので結構です」

カルヴァンは「そういうことだ」と満足そうに微笑んだ。ルーフォスは納得できないようだ。

「しかし、婚約もしていない男女が長時間共に過ごすのは道徳的に問題があると大神官様が」

「心配ない。私はルーフォスと違って、メアリーのことは妹としか思っていないからな」

ルーフォスの顔がカッと赤くなった。

「俺だって、もうこんな女のことは好きではない！」

「ああ、そうだった。未練は酒と共に流したんだったな。それまで、だいぶ泣いていたが……」

「誰が泣くか!?　お前が無理やり吐くほど呑ませたんだろうが！　嘘をつくのはやめろ！」

赤面しながらつかみかかってきたルーフォスに、カルヴァンは「冗談だ」と笑いながら両手を上げた。

(カルヴァンって女の敵だけど、意外にエイベルともルーフォスとも仲が良いのよね。男友達にするにはいい人なのかな?)

メアリーがぼんやりとそんなことを考えていると、ルーフォスにキッとにらまれた。

「お前、カルヴァンをそばに置くのだけはやめておけ!」

「ルーフォス様。お忘れかもしれませんが、私はあなたのことが大嫌いです」

ぐっとルーフォスがたじろいだ。

(ただ血が繋がっているというだけで、ルーフォスと縁をすっぱり切れないのは、本当に面倒ね)

もうこうなったら向こうに避けてもらうしか方法がない。メアリーはルーフォスをにらみつけた。

「あなたに『お前』などと馴れ馴れしく呼ばれるのは気分が悪いです。しかも『こんな女』呼ばわりしてくる無礼な人に、誰が護衛をしてほしいと思いますか?」

ルーフォスが「うっ」とうめくのを見ながら、メアリーはカルヴァンの腕に自分の腕を巻きつけた。

「カルヴァン様は、私の理想のお兄様です」

「そういうことだ」

カルヴァンが優しくメアリーの頭をなでた。

「カルヴァンお兄様は、あなたのようにえらそうにしません。ひどいこともおっしゃいません。いつも私に優しくしてくださいます」

(まぁ、カルヴァンはカルヴァンで、兄と妹にしてはスキンシップが激しすぎるような気もするけど……)

ルーフォスは言いにくそうに「それは、お前が……その」と、口ごもった。

(私だって、同じ毒親に育てられたルーフォスを、少しくらいは可哀想だと思うけどさ。でもこの態度を見ちゃうと、優しくしたいと思えないのよね……)

「とにかく、護衛はいりません」

「俺は使命に私情をはさまない!」

「では、その大切な命を全うするために、少しくらい私に好かれる努力でもしたらどうなんです?」

(私が生き残るために、どれだけ努力して媚《こ》び売ってきたと思ってんの!?)

ようやく口を閉じたルーフォスを見て、メアリーは深いため息をついた。

「そういうことですので、お引き取りを……」

「わかった」

ルーフォスはうつむき、グッと拳を握りしめた。

「俺は、大神官様の使命を全うするために、お前の……いや、メアリーの理想の兄になってみせる」

「そういう意味で言ったのではなく……」

頭が痛くなってきた。メアリーはラナを手招きする。

「ラナ、疲れたからこちらの聖騎士のお二人に、今すぐ帰っていただいて」

ラナは元気いっぱいに「はい!」と返事をすると、「ではでは、お帰りくださあーい」と二人を部屋の外に出した。そして、ガッチリと内側からカギをかける。

「メアリーお嬢様、大丈夫ですか？」

「大丈夫よ」

「お茶でもお淹《い》れしましょうか？」

「ありがとう」

お茶を淹《い》れるラナな後ろ姿を見ながら、メアリーはソファに身体を沈めた。

(あーもう、いろいろと面倒なことになってきた……)

ラナが淹《い》れてくれたお茶は、そんなことを忘れさせてくれるくらい、ホッとする味だった。

第四章　聖女っぽいことをしてみた

メアリーは、向かいのソファに座ってお茶を飲むラナの手が気になっていた。

(ラナの手、荒れてるわね……)

素直で可愛いラナは、すぐに神殿のシスターたちと仲良くなり、時間があれば一緒に洗濯をしたり、掃除の手伝いをしたりしているそうだ。そのせいか、ラナは神殿内の噂話に詳しくなっていた。

「メアリーお嬢様！　それでですね、それがとっても面白くって！」

用事がなければほとんど部屋から出ないメアリーに、ラナはいつも明るい笑顔で話を聞かせてくれる。

「ラナ、ちょっと手を見せてくれる？」

「え？　あ、はい！」

ためらいもせず、ラナはまっすぐ両手をメアリーのほうへ伸ばした。あかぎれで痛々しいその手を優しく包みこむと、メアリーは聖なる力を発動させた。

「はい、終わり」

「え？　あれ⁉」

ラナは綺麗になった自分の手を見て驚いている。メアリーが聖なる力で、手荒れや傷を癒したのだ。

（もっと早く治してあげれば良かった。今まで自分の傷を治すくらいしか使ったことがなかったから、すぐに思いつかなかったわ）

「こ、これが聖女候補のお嬢様のお力⁉　すっごーい！」

ブラウンの瞳がキラキラと輝いている。尊敬を含んだようなまっすぐな瞳で見つめられると、少し照れくさい。メアリーは照れ隠しに咳払いをした。

「水仕事をする時に、ゴム手袋はないの？」

（この世界は、乙女ゲーム特有のふわっふわした設定だから、時代考証とかガン無視でゴム手袋くらいありそうだけど）

「そ、そんな高価なもの下働きは使えません」

「そうなのね……」

やはり存在はしていた。ラナに買ってあげたいが、メアリーが個人的に使えるお金はない。

(自分のメイドにゴム手袋の一つも買ってあげられないなんて……)

少し情けない気分になったが、すぐに気持ちを切り替える。

(私が買えないのなら、お金が有り余っている人に買ってもらえばいいんじゃない？)

メアリーはフフッと笑うと、ラナにこう伝えた。

「ラナ、手が荒れたシスターをここに呼んでくれる？」

「はい、でもどうしてですか？」

「私が皆を治すわ」

「ええ!?　いいんですか!?」

「もちろん。私もたまには聖女候補っぽいことをしないとね」

「お嬢様ぁ！」

ラナは「さっすがです！」と興奮気味に両手をブンブンと上下にふった後、「行ってきまーす！」と元気に出ていった。

(こうやって軽く騒ぎを起こしたら、ヒマを持て余しているエイベルが喜んでのぞきに来るはず)

メアリーはカップに残っていたお茶を優雅に飲み干した。

ラナの宣伝のおかげで、すぐにシスターたちがメアリーの部屋に集まってきた。メアリーは一人ひとりの手を握りしめ、手荒れを治していく。

「あ、ありがとうございます！」

「ありがとうございます、メアリー様！」

必死に礼を言う人々を見て、メアリーは『こんな簡単なことで、こんなにも喜ばれるなんて』と思った。十人ほど治したところで「なんの騒ぎだ！」とルーフォスが駆けつけた。

（そういえば、エイベル以外にもヒマな人がいたっけ）

「なにをしている⁉」

厳しい口調で問いただすルーフォスをメアリーは無視した。ルーフォスのほうを見もせず、次のシスターの手を優しく包みこむ。そうこうしているうちにカルヴァンが姿を現した。

カルヴァンは、シスターの治療が終わるタイミングでメアリーのそばに来て「今日は楽しそうだな、メアリー」とさわやかに微笑みかけた。

「いらっしゃいませ、カルヴァンお兄様。今日はシスターたちの手の治療をしています」

「そんなことができるのか？」

「はい、これでも聖女候補なので」

ニコリとカルヴァンに微笑みかけると、視界のすみでルーフォスが不服そうな顔をするのが見えた。

（ルーフォス。アンタはお呼びじゃないのよ）

さっさと帰ってほしかったが、ルーフォスは顔をしかめたまま部屋のすみに居座った。

（まだ私を護衛することをあきらめていないのね）

仕方がないので、メアリーはルーフォスを無視したまま、ラナに次のシスターを呼んでもらう。

カルヴァンはしばらく見守っていたが「メアリー、無理はするなよ」と微笑んで去っていった。

それから、どれくらいの人数を治しただろうか。

ラナが「お嬢様、列が途切れたので、もうそろそろ休憩しませんか？」と声をかけてくれた。

「そうね。お昼ご飯もかねて、少し休憩を……」

「メアリー、なにしてるのー？」

メアリーの言葉を遮《さえぎ》り、エイベルが扉からひょこっと顔を出した。

（待ってました！）

「なにか面白そうなことしてるね」と興味深そうなエイベルを、満面の笑みで迎える。

「シスターたちの手が痛そうだったので、治療していました」

「治療？　え？　それって聖なる力で⁉」

「私も一応、聖女候補ですので」

（やけに皆、驚くわね。聖女に治癒の力があるなんて、子どもでも知っていることなのに……。

まぁ、私はただの候補で本当の聖女じゃないけど）

エイベルは緑色の瞳を輝かせて「メアリーすごいね！」と褒めてくれた。

（ラナといい、エイベルといい……）

そんなにまっすぐ褒められると、どうしたらいいのかわからない。

（以前のメアリーは、褒めてもらいたくても、褒めてもらえるような人生じゃなかったもんね）

メアリーが頬を赤くしながらうつむいていると、エイベルが「でも、どうしてシスターの手なの？」と首をかしげた。

「彼女たちは、毎日水仕事をしているので、手が荒れてしまうのです。ゴム手袋でもあればいいのですが……」

ふぅとため息をつくと、予想通りエイベルが「じゃあ、僕が買ってあげるよ」と即答した。メアリーは心の中で『エイベルなら、そう言ってくれると思った』と思いつつ、慌てて左右に首をふった。

「そんな、エイベル様にご迷惑がかかります」

「どうして？　神殿に寄付するのと一緒でしょ？」

「でも……」

「僕が使える範囲のお金を、僕が好きに使っているだけだから、メアリーは気にしないで」

メアリーは儚げに見えるように、両手を胸の前で合わせると「エイベル様。ありがとうございます」と微笑んだ。

（これでラナに痛い思いをさせずに済むわ）

心の中で喜んでいると、エイベルが「なーんだ」と唇をとがらせた。

「ドレスや宝石を送るより、メアリーはこういうことのほうが喜んでくれるんだ。もっと早く知りたかったなぁ」

「いえ、そういうわけでは……」

ただ毎日のように送られるエイベルからの贈り物で、メアリーの私物部屋があふれ返っているのは事実だ。

（まぁ、これ以上もらっても使いきれないし、お金がもったいないないか）

「そうですね。もうドレスも宝石も十分いただきました」

「じゃあ、また必要なものがあったら言ってね！　絶対だよ？」

メアリーがエイベルの言葉にうなずくと、エイベルは「うんうん」と満足そうに微笑んだ。

その時、部屋のすみから咳払いが聞こえた。見るとルーフォスが腕を組み、こちらをにらみつけている。エイベルは今、気がついたようで「あれ？　ルーフォスもいたの？」と少し眉をひそめた。

「メアリー、ルーフォスになにもされてない？」

以前に、メアリーがルーフォスに頬を切られたことを知っているせいか、エイベルは心配そうな顔をする。

「大丈夫ですよ」

「なら、いいけど……」

『いいけど』と言いつつ不満そうなエイベルは、「なにしに来たの？」とルーフォスにたずねた。

「エイベルは、その、メアリーと交際しているのか？」

「え？　こうさい？」

「親しくしているのかという意味だ！」

エイベルはメアリーの肩に手を乗せると「うん、親しいよ」と明るく笑う。

「エイベルはメアリーと、こ、婚約するのか？」

「は？　なんで？」

「なんでって……親しいのだろう？　大量に贈り物もしているようだし」

「うん、だってメアリーの喜んでくれた顔がすっごく可愛いから。それが見たくていっぱい贈っちゃう」

ルーフォスはポカンと口を開けた。

「なら、エイベルは、特に婚約するつもりもないメアリーに贈り物をしていると？」

「そうだよ。なにがダメなの？　僕もメアリーも婚約者はいないんだから、誰にも迷惑はかけてない」

理解できないという顔をしているルーフォスに、エイベルは頬を膨らませた。

「そう、だが……しかし」

「簡単な話だよ。親しい人、たとえば家族とかが喜んでいるのを見たら、自分も嬉しいでしょ？」

メアリーはそっとエイベルから視線をそらした。

（愛情たっぷりに育ってきたエイベルの言葉は、正しいし素晴らしいけど、ルーフォスには眩しすぎて苦しいでしょうね）

子どもがいくら親に喜んでもらいたいと思っても、その親が歪んでいたら、まっすぐな愛情は返ってこない。歪んだ親に育てられたルーフォスが、誰かに喜んでもらうことを自分の喜びだと思えなくても、それは仕方のないことだ。

（世の中には、自分のために子どもを犠牲にしようとする毒親もいるから……）

しかし、毒親に育てられた子どもにも生きる権利はある。

（ルーフォスもいつか、エイベルみたいに考えられるようになったらいいんだけど。もし、主人公のパティがルーフォスを選んでくれていたら、きっとそうなっていたのよね）

ルーフォスは黙ったまま、部屋から出ていった。

「なんだあれ？　感じ悪いなぁ」

「エイベル様、ありがとうございます」

「え？　なにが？」

不思議そうなエイベルに、メアリーはただ微笑みかけた。


次の日から、予想外なことが起こった。メアリーの部屋の前に、ケガの治療を希望する人の行列ができるようになってしまったのだ。

ラナは「お嬢様、どうしましょう？」と泣きそうな顔をしている。

「私が皆に言いふらしたせいで……」

「ちがうわよ。最初にシスターを集めてほしいと頼んだのは私だから、気にしないで」

列を見てみるとシスターだけでなく、神官の姿まで見えた。

（これは……予想外だったわね。魔法が存在する世界なのに、治癒は聖女にしかできないのかしら？）

その設定については、ゲーム『聖なる乙女の祈り』では詳しく語られていなかった。

（まぁ、別に聖なる力を使っても代償があるわけではないし、パティが戻ってくる聖星祭《せいせいさい》までもう少しあるし、私は私のできることをしていればいいか）

その日から、メアリーはヒマさえあればケガの治療をした。小さな切り傷から、昔受けた古傷まで。傷痕も完全になくなるので、人々は口々に感謝の言葉をメアリーに伝えた。ちなみに、ルーフォスはあれ以来、姿を現していない。

（感謝されるのも悪くないわね。それに、いいこともあったわ）

多くの人と交流したことで、アニスヴィヤ王国の権力図がなんとなくわかってきた。

（やっぱりゲームの知識通り、この国で一番力を持っているのは神殿ね。その神殿の中で最もえらいのが大神官様）

ただ、表向きには神殿は王族に仕えるかたちになっている。

（本当は王家があって、その下に神殿と貴族が仕えているはずなのに、神殿の力が強すぎて逆転してしまっている。そして弱体化した王家が、好き放題しようとする貴族を押さえられなくなっているって感じなのね）

そんな現状を、王族の権力を復活させて、なんとかしようとしているのが腹黒王子ハロルドだ。

（ゲームでは、大神官は特に重要キャラじゃなかったのよね）

メアリーの記憶によれば、ゲームでの大神官は、主人公のパティが聖女に任命されるシーンに少し出てきただけだった。

（ハロルドには、『なにか一つでも役に立ったら見逃してやる』って言われているから、神殿側の弱みでも教えるのがいいかしら。たとえば、神殿の地下に腐敗したドラゴンの死骸がある、とか？）

ラナが部屋の外にできた行列に、「今日はもうここまでです！」と必死に訴えている。そんなラナを押しのけるように一人、メガネをかけた神官が入ってきた。

「聖女候補メアリー、ついてきなさい」

神官の淡々とした声からは、好意も悪意も感じ取れない。ラナが慌てて「どういったご用件でしょうか？」と聞いた。

「大神官様がお呼びだ」

その言葉に、部屋の外の人たちがざわめいた。聞いた話では、大神官はめったに人に会わないことで有名で、聖女候補のメアリーですら今まで一度も会ったことがない。

（神殿の情報を探るには、ちょうどいいかも）

メアリーは立ち上がると「わかりました」と神官に伝えた。

「ラナ、行ってくるわ。疲れたでしょ？　あなたはお部屋でのんびりしていてね」

ニコリと微笑みかけると、ラナは「お嬢様ぁ」と心配そうな声を上げた。

メガネをかけた神官に連れられて、メアリーは普段入ることが許されない神殿の奥へ案内された。左右に大きな柱が立ち並び、その奥まった場所には、過去の聖女をモデルとしたのだろうか、祈る女性の像が置かれている。

メガネ神官は聖女像の前で頭を下げ、「こっちだ」と、メアリーをさらに奥の部屋へ案内した。

神官が開いた扉の先には、年老いた男性が椅子に座って待っていた。

「ようこそ、メアリー」

男性の声はしわがれ、どことなく力がないように感じた。メアリーはスカートの裾《すそ》を軽く持ち上げ、礼儀正しく頭を下げた。すぐに「こっちへおいで」と声がかかる。

そばに近づくと、彼の顔色の悪さが気になった。顔色が悪いというより、もはや、どす黒い。

（この人が大神官？　不健康そうに見えるわね。肝臓か腎臓が悪いと顔色がこんな風に黒っぽくなるって聞いたことがあるような……）

黄色く濁《にご》った瞳が、メアリーをゆっくり見上げた。

「座ったままですまないね。体調があまり良くないんだ。さて、メアリーは聖なる力を使って人々を治療していると聞いたよ」

「はい」

「身体は大丈夫かい？」

「はい、なにも問題ありません」

大神官は「そうかね……」とつぶやくと深くため息をついた。

「メアリー、歴代の聖女たちはね、一度聖なる力を使うと、数日間はベッドで寝こみ、起き上がることすらできなかったんだよ」

「え？」

「君はとても特別で尊い存在のようだ」

「ええ⁉」

バカみたいに驚くメアリーを見て、大神官は目を細め顔のシワを深くした。

「知らなかったのかい？」

「はい、力を使った後に寝こむなんてことは、今まで一度もなかったので……」

メアリーが話していると、大神官は突然苦しそうに表情を歪めた。

「大神官様は、内臓が悪いのですか？」

「医者には、そう言われているね」

メアリーは「少し失礼」と大神官のお腹辺りに触れる。

（老化はどうしようもないけど、病気なら、聖なる力で少しは良くなるかもしれない）

予想通り大神官の顔色がどんどん良くなっていく。大神官は「ふぅ」とため息をついた。

「歴代の聖女たちは、傷は癒せても病を治すことはできなかったよ。君は……いったい何者なのだろうね」

「私は……ただの聖女候補メアリーです」

大神官が扉のほうを見て手招きすると、先ほどメアリーを案内した神官が、手に書類を持って近づいてきた。

「実は、君について詳しく調べさせてもらったんだよ。君は、ノーヴァン伯爵の娘とのことだが、どうもちがうようだ」

「それは……私がノーヴァン伯爵夫妻の間に生まれたのではなく、伯爵がメイドに生ませた娘だということでしょうか？」

大神官は、ゆるゆると首をふった。

「気分を害したならすまないね。そういう意味ではなく、君にはどうも記憶を操作する魔法がかけられているようなんだよ。メアリー、幼い頃の記憶はあるかな？」

幼い頃の記憶はあいまいで、伯爵家で暮らす前の記憶はほとんどない。

「覚えていませんが、それは私が小さかったからだと思います」

大神官のそばに控えた神官が、書類を数枚めくり、読み上げた。

「とある孤児院で、身寄りのない金髪碧眼の女の子が保護された記録があります。聖なる力が強かったそうで、その後、貴族の家で働く裕福な若い夫婦に引き取られたとのことです」

「その子どもが、私だと言うのですか!?」

「うん、そうなるね。子どもを引き取った夫婦は、ノーヴァン伯爵家で働いていたそうだよ」

メアリーは軽くめまいがした。

大神官は、「すぐには信じられないよね」と言い、隣にいる神官に目配せをした。

「彼は魔法操作された記憶を修復することに長けていてね。君が望むなら、その記憶を修復することができるだろう」

（この人たちを、信じていいの？）

メアリーが警戒して一歩後ずさると、大神官は「神官の使う神力は、魔力と違って生命に害を及ぼすことができないから安心しなさい。メアリーの聖なる力も、治すことはできても、他人を攻撃することはできないだろう？」と安心させるように微笑んだ。

（攻撃されないのなら、信じていいのかも。新しい情報が手に入るかもしれないし）

メアリーがうなずくと、メガネの神官はメアリーの額に手を当てた。しばらくすると、大神官が目を開き、メガネの神官に話しかける。

「彼女の記憶はどうだい？」

「……これは、ひどいですね。記憶を奪っただけでなく、修復させないためか、無理やり別の記憶を上書きされています。ただ、記憶の欠片はあるので、それをなんとか繋ぎ合わせてみます」

額に温かい光を感じた。それと同時に、幼いメアリーに微笑みかける年配の女性が脳裏によみがえる。『マザー』と呼ばれるその女性は、たくさんの子どもたちに囲まれていた。

（これは……孤児院？）

場面が切り替わり、若い夫婦が孤児院を訪れる。その夫婦は優しい笑顔で、「これから私たちは家族になるのよ」と優しく手を握ってくれた。幼いメアリーは恥ずかしそうに、でもとても嬉しい気持ちで『はい……おかあさん、おとうさん』と、つぶやいた。

神官の手が額から離れたので、メアリーは閉じていた目をそっと開いた。いつの間にか涙があふれて頬が濡れている。

大神官に「どうだった？」と聞かれて、メアリーは涙を手の甲でぬぐった。

「孤児院にいた記憶と、私を引き取ってくれた若い夫婦が見えました。もしこれが真実なら、本当に私はノーヴァン伯爵となんの関係もない……？」

「そうなるね」

（……じゃあ、あの家族は偽物ってこと？　私は偽物たちにあんなひどい目に遭わされていたの？）

怒りでカタカタと身体が震えた。そして、重要なことに気がついた。

「あ、れ？　私を引き取ってくれた、若い夫婦はどうなったんですか？　私はずっと、母は私を産んですぐに病気で亡くなったと聞かされていたので、母の顔も知らないんです」

だから、引き取ってくれた若い夫婦と、メイドをしていたという母が同じ人がどうかもわからない。

その質問にはメガネの神官が書類をめくりながら答えてくれた。

「あなたを引き取った後、その夫婦はしばらくしてから行方不明になったそうです」

「それって……」

嫌な予感がしてメアリーは口をつぐんだ。

考えられるのは二つ。若い夫婦はメアリーが聖なる力が強いことに気がつき、ノーヴァン伯爵に売り渡し逃げたか、ノーヴァン伯爵が若い夫婦を殺してメアリーを奪い取ったか。

（どっちにしろ、ひどすぎる）

気分が悪くなってきた。

そんなメアリーに、大神官は申し訳なさそうに声をかけた。

「……つらいだろうね、メアリー。だが、君にもう一つ伝えなければならないことがある。君がなにも悪くないことはわかっているんだが、それでもノーヴァン伯爵家は娘の出身を偽って神殿と王家を騙したことになる。罰を受けるのはノーヴァン伯爵だが、君も無事では済まないだろう。そこでだ」

大神官の老いた瞳が鋭く光ったように見えた。

「私の養女になり、生涯、神殿に身を置かないかい？　君さえうなずいてくれれば、君も君の父であるノーヴァン伯爵も、兄のルーフォスも決して悪いようにはしない」

（それってようするに、『自分と家族が無事でいたければ養女になれ』ってこと？　まったくどいつもこいつも、私の人生をなんだと思って……）

吐き気がする。

（でも、こんな提案をしてくるってことは、神殿側は私が伯爵家でひどい目に遭っていたことは知らないようね。事情はどうあれ私がノーヴァン伯爵家で大切に育てられて、家族に愛情を持っていると勘違いしているんだわ。だったら、こっちにも考えがある）

メアリーは両手を胸に抱えこむと、うつむき声を震わせた。

「そ、そんな……わ、私はいったいどうしたら……」

「大丈夫だよ、メアリー。私に全てを任せなさい」

大神官は、まるで孫でも見るように優しげに目を細めた。

（聖騎士相手に演技してきた清楚系美女のふりは、大神官相手にも通用するのね）

メアリーは懇願《こんがん》するように大神官を見つめ返した。

「驚きすぎて、どうしたらいいのか……。大神官様、少しだけ私に時間をくださいませんか？」

大神官は深くうなずくと「そうだね。さぞ驚いたことだろう。返事は急がないから、しばらくゆっくり過ごしなさい」と言ってくれた。

「メアリー、人々を治療するのは、もうやめなさい。君のその奇跡とも呼べる力は、安易に人前で見せるものではないよ。騒ぎになってしまったのこちらでうまく処理しておくから、安心しなさい」

「大神官様……ありがとうございます」

メアリーは、不安におびえる清楚系美女を全力で演じた。

大神官に別れを告げると、来た時と同じようにメガネの神官に連れられ、自分の部屋の前まで戻る。

すでに神殿側が手を打っていたのか、あれほど行列ができていたのに、もう誰もいなかった。

（よし、養女になるかどうかの返事をするまで少し時間を稼げたわ。今回のこの情報を腹黒ハロルドに流したらどうなるかな？　政治とか難しいことは私にはさっぱりわからないけど、これをきっかけに、ノーヴァン伯爵家が潰れて神殿が力を失いでもしたら最高に面白いわね）

メアリーは心の中でフフッと楽しげに微笑んだ。

メアリーが自分の部屋の扉を開くと、ラナが驚いたように顔を上げた。

「お嬢様！　大丈夫でしたか!?」

「大丈夫よ」

（もしかして、私を心配して、ずっとここで待っててくれたの？）

申し訳なさと有難さで、メアリーの心はじんわりと温かくなった。

「よ、良かったです……。大神官様の怒りを買って、国外に追放された貴族もいるって聞いて、私……私っ」

涙を浮かべるラナの頭を、メアリーはそっとなでた。

（さっきのおじいちゃん、予想以上に権力をふりかざす暴君のようね。病気なんて治さないほうが良かったかしら）

『まぁ、やってしまったものは仕方ないか』とすぐに気持ちを切り替える。

涙を拭いたラナは、「あっ」となにかを思い出したような顔をした。

「お嬢様が大神官様に会いに行かれた後、カルヴァン様が来られたんです。お嬢様が戻ってきたら『ハロルド殿下に会いに行くように』とのことでした」

（腹黒王子は、私が大神官に呼ばれた理由を探りたいのね）

「まぁ、それはさておき」

メアリーはソファに座った。

「とりあえず、お茶にしましょう」

「はい、お嬢様！　あ、そういえば、さっきクッキーをいただきました！　お嬢様に『ケガを治してもらったお礼』だそうです」

「じゃあ、お茶と一緒にいただきましょう」

(ハロルドに会いに行っても、私にお茶なんて出してくれないからね。椅子にすら座らせてくれないし。どうせ行っても疲れるだけだから、ゆっくり休憩してからにしようっと)

メアリーは優雅な午後のティータイムを、ラナと一緒に満喫した。

お茶とクッキーをおいしくいただき、少しのんびりした後、メアリーは立ち上がった。

「さてと、私はハロルド殿下にでも会いに行ってくるわ」

ラナはハロルドのことは怖がっていないようで「はい、いってらっしゃいませ」と笑顔で見送ってくれた。

(私は大神官よりあっちのほうが怖いけどね……)

廊下に出たものの、ハロルドがどこにいるのかわからない。

(とりあえず、前に呼び出された部屋の近くまで行ってみようかな)

メアリーがフラフラうろうろしていると、通りかかった神官が声をかけてくれた。

「メアリー様、どうされましたか?」

「あ、ハロルド殿下を捜しているのですが……」

「殿下ならこの廊下をまっすぐ進み、右に曲がったところのお部屋にいらっしゃいますよ」

「ありがとうございます」

礼を言うと、神官は右手をさすりながら「こちらこそ、メアリー様には貴重な体験をさせていただきました」と深く頭を下げ、去っていった。

（あ、もしかして、私が傷を治した人なのかな？）

大勢の人を治しすぎて誰が誰だか覚えていない。

（今まで神殿内で、こんな風に声をかけてもらったことなんてなかったけど、いいことすると自分に返ってくるって本当ね）

しみじみと思いながら、教えてもらった部屋まで歩くと、カルヴァンにばったり出くわした。

「来てくれたか」

「はい、お兄様」

カルヴァンは挨拶もそこそこに、「殿下がお待ちだ」と扉を開けて中に入るようにメアリーをうながす。

部屋に入ると、ハロルドは椅子に座りながら、気だるげに窓の外を見ていた。外から差しこむ光を浴びて、ハロルドの姿がキラキラと輝いている。

（うん、何度見ても、ものすごい美形）

メアリーはスカートの裾《すそ》を持ち、ハロルドに頭を下げた。

「殿下、お呼びでしょうか」

ハロルドは視線を窓から外すと、メアリーを見た。

「大神官に呼び出されたんだって？」

「はい」

（情報って回るのが早いわね）

ハロルドは机に片肘を突くと「大神官は、どうだった？」と優雅に微笑んだ。

「そうですね……不健康そうなおじいちゃんって感じでした」

見たままの感想を伝えると、ハロルドは予想外にブハッと噴き出した。

「あはは、私もそう思うよ」

いつもの恐ろしい微笑とは違い、口を開けて笑うハロルドには少しだけ無邪気さが見えた。

「で？　どうして君が大神官に呼ばれたの？」

（うーん……どこまで話そうかな？）

ハロルドに大神官とのやりとり全てを話してしまうのは危険かもしれない。

（私の聖なる力が歴代の聖女より強いと知ったら、ハロルドも私を利用しようとするに違いないわ。ここは慎重にならないと……）

ハロルドを見ると、静かにこちらの言葉を待っていた。

「私が大神官様に呼ばれた理由は、私がノーヴァン伯爵の本当の娘ではなかったからです。神殿が調べたところによると、私はどうやら、孤児院で育ったらしいのです」

「へぇ、それで？」とハロルドは先をうながした。

「なので、『ノーヴァン伯爵家は娘の出身を偽って神殿と王家を騙したことになる』と、大神官様がおっしゃって……。ノーヴァン伯爵家を守りたければ、神殿に仕えるようにと提案されました」

ハロルドは「ふーん、で、君はなんて答えたの？」と聞いてきた。

「『少し考える時間をください』と」

「神殿側は、君がノーヴァン伯爵家でひどい目に遭っていたことを知らないようだね。返事を先延ばしにしたのは、神殿に仕える気がなかったから？」

「はい」

ハロルドは思案するように、腕を組みながら自身のあごを指でなでた。

「だったら、私と取引しようか」

「殿下と取引、ですか？」

「そう。これを機に目障りなノーヴァン伯爵を潰して、さっさとルーフォスに伯爵を継いでもらいたいんだ。君には被害者として証言してもらうよ。縁もゆかりもないはずの伯爵に引き取られ、娘とされながらも冷遇されてきたとね。可哀想な子の演技は得意だろう？」

そう言って、パチリと器用にウィンクを投げる。

（その展開は、私にとっても有難い話だけど……）

すぐに返事をする気にはなれない。

「殿下、その前に、一つだけ調べてほしいことがあります」

「なんだい？」

「私を孤児院から引き取った夫婦が、その後どうなったかを知りたいのです。その夫婦に引き取られたはずの私が、どうしてノーヴァン伯爵の娘として育てられたのか」

「なるほど、それは残酷な真実が出てきそうで、とても興味深いね」

ハロルドは天使のような笑みを浮かべた。

「いいよ、調べてあげる。だから、君は私と一緒にノーヴァン伯爵を潰そうね」

「はい、殿下」

満足そうなハロルドを見て、メアリーは心の中で舌打ちをする。

(仕方がないから、今はアンタに協力してあげるわ。でも、それが終わったら、絶対に生きてここから逃げてやる！)

メアリーは機嫌のいいハロルドに話しかけた。

「殿下は以前、なにか一つでも殿下のお役に立てれば、私に慈悲をくださるとおっしゃいましたよね？」

「言ったね」

「では、今回、私の証言でノーヴァン伯爵を潰すことに成功したら、私を見逃していただけませんか？　あとは殿下の視界に入らないように、ひっそりとどこか遠くで暮らしますから」

ハロルドはとても楽しそうに「君が想像以上に役に立つから、やっぱり見逃さないって言ったらどうする？」と微笑んだ。

「え？」

サッと青ざめたメアリーに「冗談だよ」と優しげな声がかかる。

「でも、よく考えてみてよ、メアリー。大神官はどうして君に神殿に仕えるように提案したの？君の罪を見逃してでも得られる利益が、神殿側にあるからじゃないのかな？」

ドキッとメアリーの心臓が跳ねた。

（私の聖なる力が強いことは話してないのに、やけに核心をついてくるわね……）

「それがなにかは私にはわからないけど、なんらかの理由で神殿に目をつけられた君は、これからどこに行っても見張られるだろうね」

「……あ」

（しまった、そこまで考えてなかった）

「ようするに、大神官に目をつけられた時点で、君の逃げ道はないということだ。私が助けてあげてもいいけど……」

ハロルドにチラリと意味深な目配せをされた。メアリーはあきらめてため息をつく。

「助けてほしければ、一度だけではなく、もっと殿下のお役に立てということですね？」

「うん。メアリーはものわかりが良くて助かるよ」

ハロルドの整いすぎて憎たらしい顔を見ながら、メアリーは『王子なんて辞めて、その顔を生かして今すぐアイドルになれ！　そのほうが世の中平和だわ！』と心の中で悪態をついた。

ハロルドの部屋から出ると、そこにカルヴァンの姿はなかった。

（最近、私の部屋にも来ないし……忙しいのかな？）

一人で神殿内の廊下を歩いていると、暗い気持ちになってきた。まるで大量の砂に足を取られ、必死に這い上がろうとしているのに、どんどん砂の中へ沈んでいってしまうような感覚に襲われる。

（私が、主人公のパティだったら、もっとうまくやれたのかな……）

安全な場所へ逃げ出そうとしても、すぐに誰かに足をつかまれ、危険な場所に引き戻されてしまう。

（死ぬ運命からなんとか逃げ出せたと思ったのに、このままじゃあ、一生神殿に飼い殺しにされてしまうわ。かといって、腹黒ハロルドに助けてもらったら、今度はハロルドにいいように使われてしまう。悪女メアリーは、どうしても自由になれないの？　主人公のパティじゃない私は、どれほど頑張っても幸せになれないの？）

ふいに視界がにじんだ。

（努力が報われないってつらい……）

神殿の柱にもたれかかると、深いため息が口から漏《も》れた。

「大丈夫か？」

背後から声をかけられ、慌てて「大丈夫です」とふり返ると、そこにいたのはルーフォスだった。

「ルーフォス様……」

久しぶりに顔を合わせたルーフォスは「少し話がしたい」と言ってきた。

「今は、ちょっと……」

メアリーが軽く自身の額に手を添えると「気分でも悪いのか？」と聞かれた。

（私にそんなこと聞くなんて、ルーフォスも変わったのね）

パティに選ばれなかったルーフォスは、どうやって幸せになるのだろうと思っていた。だがパティに選ばれなくても、ルーフォスは変化している。メアリーは、ふと、変わったルーフォスがなにを話すのか興味が湧いた。

「お話、聞きます」

ルーフォスはうなずくと「中庭へ行こう」と右手を差し出した。なんのつもりかわからずメアリーが見つめると「その、具合が悪そうだ。良ければ、手を貸そう」と言って顔をそらした。少しだけ耳が赤くなっているような気がする。

どういう気持ちでルーフォスの手を取ったらいいのかわからず、メアリーは「いえ、大丈夫です」と固い声で断った。

前を歩くルーフォスに黙ってついて歩き、神殿内の中庭のベンチに着く。

「ここで話そう」とルーフォスが腰を下ろした。「座らないのか？」と聞かれたので、メアリーは少し距離を空けてベンチの端に腰を下ろす。

日が暮れはじめ、空の一部がオレンジ色に染まっている。

「あれからいろいろと考えた。うまく話せるのかわからないし、メアリーをまた不快な気持ちにさせるかもしれないが……」

ルーフォスは慎重に言葉を選ぶように、ポツリポツリと話し出した。

「メアリーが家に来るまで、母は穏やかな女性だったんだ。父のことも俺のことも、とても愛してくれていたように思う。ただ、メアリーの存在を知って、母は豹変《ひょうへん》してしまった」

うつむき両手を組み合わせたルーフォスは、どこか遠いところを見ていた。

「愛していた父に裏切られたからだろうが、子どもだった俺は、どうしてそうなったのかわからず、すごく戸惑ったことを覚えている。それに、俺自身もメアリーのことを……その、自分の婚約者だと勘違いしていたこともあり、裏切られたという気分だった」

ため息と共に「メアリーはなにも悪くないのになな」と聞こえてきた。

「子どもの俺は、メアリーを傷つける母をどう受け止めていいのかわからなかったんだと思う。母は俺には優しかったし、親子の情はあったからな。だから、俺はいつしか母を怒らせるメアリーが悪いと思うようになった。メアリーさえいなければ、俺も母もこんなに苦しまずに済んだのに、と」

「すまない」と、後悔をにじませた声が聞こえた。

ルーフォスの言葉を聞きながら、メアリーは『虐待を受ける子どもをそばで見て育った子どもも、また虐待を受けていることになるって、なにかで見たことあったなぁ』と前世のおぼろげな記憶を思い出していた。

「許してもらえるとは思っていない。ただ謝りたかったんだ。メアリーの言う通り、これからは極力会わないように気をつける」

「そうしてもらえると助かります。お互い、うまく距離を取っていきましょう」

メアリーが立ち上がると、ルーフォスも立ち上がった。

ルーフォスの顔はどこかスッキリしたように見えた。

（私たちはパティがいなくても、ちゃんと前に進めるのね）

主人公のようにあっという間に問題を解決することはできなくても、悩んで苦しみながら少しずつ前へ進んでいける。

「今日はお話が聞けて良かったです。お兄様」

気がつけば、無意識にそう呼んでいた。

驚いたルーフォスは、フッと優しい笑みを浮かべる。

「俺は、妹のこれからの幸せを願っている」

(『私たちは血が繋がってなかった』というのは、ルーフォスには言わないでおこう。すっごくややこしいことになりそうだし)

そんなことを考えながら、メアリーはルーフォスに微笑みかけた。


ルーフォスとそんなやりとりをした次の日の朝。

メアリーの部屋の前に、ひどく申し訳なさそうな顔をしたルーフォスが立っていた。

「メアリー、すまない。護衛の件は断ったのだが、大神官様直々に頭を下げられて『どうしても』と頼まれてしまい……」

(不健康おじいちゃんめ……家族をそばに置いて、私の情にでも訴えかけたいのかしら?)

「お兄様、聖騎士は大神官様の命令を断れないのですか?」

そもそも、実は前から聖騎士という存在がよくわからない。ゲーム『聖なる乙女の祈り』の中では、聖騎士＝攻略対象者という説明しかなかった。

ルーフォスは落ちついた青い瞳をこちらに向ける。

「そういうわけではないが、聖騎士は大神官様に任命される。多くの役目があるが、その中で一番優先されることが聖女候補を守ることだ」

「だから、断れないと？　でもわざわざ聖騎士が守らなくても……」

「聖騎士は特別な存在だ。選ばれた者には聖女が決まるまでの期間、一時的に様々な権限が与えられる。聖女候補に危害を加えようとする者を、法によらず裁くことすらできる」

ルーフォスは、腰に帯びた自身の剣に触れた。

（よくわからないわね）

「お兄様、もっと簡単に言ってください」

少し考えたルーフォスは「たとえば、誰かが聖女候補メアリーに危害を加えようとすれば、聖騎士である俺の一存で殺してしまっても問題がないということだ。聖女候補、ひいては聖女を守ることが、この国の最優先事項だからな」と淡々と説明した。

メアリーの脳内に、パティを殺そうとして切り殺されたゲームの中のメアリーが浮かんだ。そして、現実ではパティに毒を盛ろうとしたメイドが聖騎士に拘束された姿も。

（なるほど、聖騎士は一時的に警察的役割と、裁判所的役割を同時に与えられるってこと？　それヤバいでしょ……怖すぎ……）

そして、聖女を選ぶ権利を持つのも聖騎士であるため、ゲームの中では、自分たちが選んだパティに危害を加えようとしたメアリーは殺された。

（すごく納得したけど……この国のシステム、やっぱダメでしょ……）

腹黒ハロルドが、なんとか国を変えようとしている気持ちが少しだけわかったような気がする。

ルーフォスは、「だから大神官様は、聖騎士が聖女候補を守ったほうがいいとおっしゃっている」と告げた。

（そういう事情なら仕方がないか。ここで私が断りすぎて、不健康おじいちゃんに疑われるほうが危ないわね）

仕方がないので「中へどうぞ」と言うと、ルーフォスは首をふった。

「俺はこの部屋から離れたところで待機している。なにかあったら呼んでくれ」

（自分が今まで私にしてきたことを理解して、ちゃんと距離を取ってくれるのね）

ルーフォスの真面目な性格のせいか、話が通じるようになると素直に『悪い人間ではないな』と思えた。

（やっぱり悪いのは、あの毒親たちか……。子どもを守る法律とかそういうの、この国にはないの？）

メアリーが一人でソファに座りながらそんなことを考えていると、ラナが部屋に入ってきた。

「あの、メアリーお嬢様」

なぜか半泣きになっているラナを、後から入ってきたメイド服姿の女性たちが押しのける。四人のメイドたちはメアリーを見ると、少し驚いた後にクスクス笑い出した。メガネをかけた一番年上らしいメイドが「あらあら、メアリー様にとってもお似合いのみすぼらしいお部屋ですね」と侮蔑《ぶべつ》を含んだ笑みを浮かべた。

（この感じ、懐かしいわね）

ほんの少し前までは、なにもしなくても見下され、バカにされることがメアリーの日常だった。

（最近は、ラナがいてくれたから忘れてたわ）

メアリーはソファから立ち上がるとメイドたちを無感情に見た。それは見慣れた顔ぶれだった。

かつてノーヴァン伯爵夫人の命を受けて、メアリーの世話係という名目で、毎日嫌がらせをしてきたメイドたちだ。ちなみに、彼女たちにお世話なんて一度もされたことがない。

「なんの用かしら？」

「ノーヴァン伯爵家から参りました。これからメアリー様の身の周りのお世話をさせていただきます」

またクスクスと笑う声がする。

（なにがそんなにおかしいんだか……）

「こんな狭い部屋にメイドは不要よ」

きっぱりと言い切ると、メイドたちの後ろで青い顔のラナがおずおずと声を出した。

「それが、大神官様がメアリーお嬢様に、神殿内の貴賓《きひん》用のお部屋に移られるようにと……。それで、不便だろうから、もっとメイドをよこすようにと伯爵家にご連絡したそうです」

（おじいちゃん、余計なことを……）

優遇してくれたつもりだろうが、メアリーとしては大迷惑だ。

（ノーヴァン伯爵家のメイドで、私に好意的な人はいないんだから。もう！）

「仕方がないわね。ラナ、貴賓《きひん》用のお部屋に案内してくれる？」

「は、はい」

メアリーは後ろをついてきた四人のメイドをふり返った。

「あなたたちは、私の荷物を運んでちょうだい」

「はぁ？」

メガネをかけたメイドは、楽しそうに声を上げた。

「なんのつもりですか、メアリー様」

「あら、あなたこそどうしたの？　あなたたちは荷物も運べないの？　無能なメイドはいらないのだけど？」

一人のメイドが「すぐにキレて泣いてたくせに」と小声で忍び笑いをする。

メアリーは聖女のような笑みを浮かべた。

「あなたたちは、ここをどこだと思っているのかしら？」

メガネのメイドにゆっくりと顔を近づける。

「ここは神殿で、私は大神官様のお気に入り、聖女候補メアリーよ」

ニコリと可憐に見えるように微笑みかけた。

「今まであなたたちはノーヴァン伯爵夫人に仕えていたけど、これからは誰にどう仕えるのか考えてみてね」

ようやく笑うことをやめたメイドたちに、メアリーは微笑み続ける。

「わかっているでしょうけど、私の専属メイドはラナ、一人だけよ。あなたたちはただの下働き。

今まで、あなたたちが私に取ってきた態度を考えたらわかるでしょう？」

メアリーはおびえているラナの頭をよしよしと優しくなでた。

「少しでもラナをイジメたら許さないわよ」

ふふっと冗談っぽく伝えておく。メイドたちは、小バカにするように口元を歪めた。

（あらら。これは、もう少し立場をわからせないと、ラナになにかしそうね）

それだけは許せない。メアリーはぶりっ子するように、人差し指を頬に当てた。

「あ、そうそう、私の荷物は隣の部屋にもたくさんあるから全て運んでね。荷物を全て運び終わるまで、あなたたちは休憩も食事もなしよ」

メイドたちは驚いて顔を見合わせている。

「ふふっ懐かしいわね。あなたたちは、よく私の食事を抜いていたわよね。良かったわね、同じ気分を味わえて。ねぇ、嬉しい？」

（伯爵家に仕えているメイドって、自分たちもそこそこ良家の娘だったりするから、プライドがムダに高いのよね。こうやって少しあおれば……）

メアリーは笑みを浮かべたまま、そっとメガネのメイドに耳打ちした。

「ねぇ、今まで散々見下してきた小娘に、バカにされて逆に見下されるのって、どんな気分？」

途端にすごい形相になり、メガネのメイドは右手をふり上げた。

（はい、きた！）

きゃあとラナの悲鳴が上がった。悲鳴を聞きつけたルーフォスが部屋に飛びこんでくる。

「どうした⁉」

メガネのメイドは驚いた顔をしたが、勢いがついた手は止められず、バチンと鈍い音がした。メイドに打たれた左耳と左頬がジンジンと熱い。

（まぁ、聖なる力のおかげで、そこまで痛くはないんだけどね。腹は立つわ）

殴り返したい気持ちを抑えて、メアリーは両腕を胸の前に抱える。そして、哀れみを誘う小さな声で「お、お兄様……」とおびえるようにルーフォスを見た。

ラナが「こ、このメイドが、お嬢様の頬を急に打ちました！」と涙を流して訴える。

メガネのメイドは堂々としていた。ルーフォスがメアリーを嫌っていることは伯爵家の中では皆が知っていることだった。だから、メアリーがなにをされていても、ルーフォスが助けたことは一度もない。

「ルーフォス様！　私は悪くありません。私に打たせたメアリー様が悪いのです！　ああ、手が痛い」とメガネのメイドは右手を痛そうにさすった。

ルーフォスは深いため息をついた。そして、右手をふり上げるとメガネのメイドの頬を打った。少しも手加減をしなかったのか、メイドは勢いよく床に倒れこむ。

メイドたちの間で、きゃあと悲鳴が上がった。

ぼうぜんとして顔を上げたメガネのメイドの髪は乱れ、口端が切れて血がにじんでいる。

「身分をわきまえろ。ここにいるのはただの令嬢ではない。聖女候補メアリーだ」

「わ、私は、ただ……」

メガネのメイドは、ルーフォスがなにを言っているのかわからないといったような顔をしている。

そんな彼女を見下ろして、メアリーはにっこりと微笑んだ。

「ただ、いつものように、私を侮辱《ぶじょく》しただけ、ですよね？」

メガネのメイドは、パクパクと魚のように口を開閉させている。メアリーはルーフォスをふり返った。

「お兄様、ご安心ください。これが私の伯爵家での日常でしたから」

ルーフォスの顔が歪み、苦しそうに視線をそらして目を閉じた。

「……メアリー、この女をどうしたい？」

ルーフォスの声はゾッとするほど冷たい。

「そうですねぇ、殺しましょうか」

ルーフォスは、ムダのない動きでスッと腰から剣を引き抜いた。メイドたちは悲鳴すら上げられず、ただただ震えている。

メアリーはすぐに「なーんてね」と明るい声を出した。

「お兄様。彼女たちは、ただ仕事をしていただけですよ。私を苦しめたい人が彼女たちの主なのですから。言われた通りにしないと、職を失ってしまいますもの、ね？」

最後はメイドたちに向かって声をかけると、メイドたちは震えながら床に両手を突いた。

「ルーフォス様！　も、申し訳ありません！　命だけは！」

ルーフォスは「まだわかっていないようだな」と、剣先で器用にメイドのメガネを弾き、空中で真っ二つにした。メイドの顔は恐怖による汗と涙でぐちゃぐちゃになっている。

「メアリー、この女をどうしたい？」

もう一度、ルーフォスはメアリーにたずねた。

メイドたちはようやく理解したようで、一斉にメアリーに向かい、床に頭をこすりつけた。

「メアリー様、申し訳ありません！」

「お許しください、メアリー様」

「どうかお慈悲を！」

悲鳴のような謝罪が続く中、メアリーは考えた。

(私が以前のメアリーだったら、皆殺しにしても許せないくらいよね)

それくらいメアリーはひどい目に遭っていた。ただ、前世の記憶が交じってしまった今、メアリーはメアリーであってメアリーではない。

(前世の記憶のせいか、いくら罰するためとはいえ、人を殺すってのはねぇ……)

ふとラナを見ると、涙を流しながらガクガクと震えていた。

(これ以上、ラナを怖がらせたくないわね。どうせなら、聖女っぽいことでも言っておくか)

メアリーは手のひらを上にして、両腕を左右に広げた。そして、聖騎士相手に鍛えた、清楚に見える穏やかな笑みを浮かべる。

「あなたたちを許します」

「め、メアリー様……」

メイドたちは口々にメアリーの名前を呼び、ポロポロと涙を流しながら、まるで神に祈るように手を合わせた。ルーフォスは剣を鞘に納めると「メアリーは甘すぎるぞ」と不服そうにメイドたちをにらみつける。

「お兄様。先ほども言いましたが、彼女たちは仕事をしていただけですよ。そうするように命令していたのは……」

そっとルーフォスを見ると、「母上か」と暗い声でつぶやいた。

「はい。そして、伯爵夫人を好き放題させているのはノーヴァン伯爵です。お兄様、私は伯爵家の行く末が心配です」

「……そうだな」

ふと、腹黒ハロルドが『ノーヴァン伯爵を潰して、ルーフォスに伯爵を継がせたい』と言っていたことを思い出した。

「早くルーフォスお兄様が伯爵になればいいのに」

メアリーは、ルーフォスの心を探るために、そんなことを言ってみた。ルーフォスはどこか虚《うつ》ろな表情で、祈るメイドたちを見つめている。

「しょせん、俺も……こいつらと同類だ。メアリーをこんなにも苦しめてきたのだから……」

苦痛に顔を歪ませるルーフォスの手を、メアリーはそっと握った。

「私たちは、子どもだったのです。どうすることもできなくて当たり前です。お兄様、あなたも被害者ですわ」

ルーフォスの肩が震え、あふれた涙が頬を伝っていく。

「私もお兄様も、このメイドたちも、これからを幸せに生きましょう」

静かにうなずくルーフォスを見ながら、メアリーは『私……すっごく適当に、思いついた聖女っぽいことを言っちゃってるけど、大丈夫かな、これ……』と少し不安になった。

第五章　聖女にはなれません

伯爵家から来たメイドたちをメアリーが許した後。彼女たちは心を入れ替えたようで、粛々と荷物を運んでくれた。メアリーが使っていた二つの部屋は、四人のメイドたちが二人ずつに分かれて使うらしい。

メアリーに与えられた神殿の貴賓《きひん》用の部屋は想像以上に豪華な作りだった。

ドアを開けると、十人ほどがゆったりと過ごせるくらい広々としたリビングルームがあり、ベッドルームにはキングサイズのベッドが一つ置かれている。そして一番驚いたのは、バスルームがあったことだ。

（やった！　これで大浴場に行かなくてもお風呂に入れる！）

メイドたちは四人とも「メアリー様に合わす顔がございません」と、メイド服ではなく修道服を着て深くフードをかぶり、今は顔を隠しながらメアリーに仕えている。

（まぁ、死の恐怖を感じた時に優しくされると、心が揺さぶられて余計に感動しちゃうのよね……）

メアリー自身、パティの毒殺未遂で容疑者にされた時、エイベルに優しくされて思わずすがりつきたくなったことを思い出した。

（しかも、ラナを安心させたくて、あの時、私、ちょっとカッコつけて聖女っぽく振舞っちゃったし……）

そのせいなのか、ラナがメイドたちに「メアリーお嬢様は、すっごいんですよ！　私やシスターたちの荒れた手を聖なる力で癒してくれたんです。そしたら、次の日から廊下の端から端までズラッと人々が並んで……」とメアリーの聖女譚を自慢げに話した時には、メイドたちは「さすが、メアリー様」「メアリー様にお仕えできて光栄です」と口々に褒め讃え、瞳を輝かせていた。

（メイドっていうより、ちょっと私の信者っぽいんだけど……）

彼女たちはメアリーだけでなく、ラナにも丁重に接してくれるようになったので、この件については『まぁいいか』とあまり深く考えないことにした。

（それはいいとして……）

メアリーのそばで、難しい顔をしながら、右手を出したりひっこめたりしている護衛のルーフォスに視線を送る。

「お兄様、なにか？」

声をかけると、ルーフォスは「あ、ああ」と答えながらぎこちなくメアリーの頭をなでた。

どういう意図なのかわからずメアリーが首をかしげると、彼は「メアリーの理想の兄になる努力をしている」と真顔で言った。

「理想のお兄様は、急に妹の頭をなでるのですか？」

「メアリーの理想の兄はカルヴァンだろう？　カルヴァンはよくこうしていた」

そういえば、そんなことを言ったかもしれない。

（うーん……今さら『あれは嘘でした』とも言えないし）

メアリーは改めて目の前のルーフォスを見た。引きこまれてしまいそうな青く美しい瞳が、メアリーを見つめている。

（ルーフォスって、腹黒ハロルドとは、また違った雰囲気の美形なのよね……）

ハロルドがアイドルのように中性的で繊細な美しさだとすれば、ルーフォスは演技派俳優のように凛々《りり》しく整った顔をしている。

（さすが乙女ゲームの攻略対象者の一人って感じがする。こういうことをしみじみと思えるくらいには、ようやく落ちついてきたみたい）

少なくとも、前世の記憶を思い出した時ほどの命の危険はないように思えた。

そんなことを考えていると、扉の近くで控えていたメイドの一人が静かに近づいてきて、カルヴァンとエイベルが来たことを伝えた。

「入っていただいて」

礼儀正しく頭を下げてメイドは下がっていく。

「めっありー！」

元気よくエイベルが手をふった。その後ろで、カルヴァンがさわやかな笑みを浮かべている。

「あら。エイベル様、カルヴァンお兄様」

カルヴァンは手を伸ばすと優しくメアリーの頭をなでた。

(ほんとだわ、私、カルヴァンになでられてる)

横からルーフォスの「なるほど。こういう感じか」と、独り言のようなつぶやきが聞こえてきた。

エイベルが不服そうに口をとがらせる。

「ねえメアリー、どうしてカルヴァンのこと『お兄様』って呼んでるの？」

カルヴァンは「それは私がメアリーの理想の兄だからだ」と答えて、メアリーの肩に親しげに手を置いた。

「なんだよ！　カルヴァンには聞いてないよ！」

「うらやましいだろう。妹は可愛いぞ」

カルヴァンがメアリーを後ろから抱きしめたのを見て、ルーフォスが「なるほど」とつぶやいたので、メアリーは慌ててカルヴァンから離れた。

「ルーフォスお兄様、今のはマネしなくて大丈夫です」

「そうなのか？」と首をかしげるルーフォスに、エイベルが「ええ⁉」と大声を上げた。

「どうして、ルーフォスとも仲良くなってるの⁉」

エイベルに詰め寄られて「あ、えっと、誤解がとけて仲直りしました……？」と伝えると、エイベルは「むぅ」と頬を膨らませた。

「エイベル様。ご心配おかけしてしまい、申し訳ありません」

「それはいいけどさ……」

「じゃあ、僕のことも『お兄様』って呼んでよ」

（どうしてそうなるの？）

わけがわからないが、この状況と会話がまるで乙女ゲームのイベントのようでつい笑ってしまった。

エイベルが「わぁ」と感嘆の声を上げた。

「今の笑顔、可愛い！　ね？　ね？」

意見を求められたカルヴァンとルーフォスが、うんうんと同意する。

（どうしよう……乙女ゲーム展開すぎて、ちょっと恥ずかしくなってきた……）

赤くなってしまったのを隠したくて、顔を両手で覆うと「照れてるメアリーも可愛いなぁ」と追い打ちをかけられる。

エイベルが「もう決定だね」と言うと、カルヴァンが「そうだな」と返し、ルーフォスも「異論はない」と答えた。

「エイベル様、なんのお話ですか？」

両手を広げたエイベルが、満面の笑みを浮かべる。

「僕たちはメアリーを聖女に指名するよ」

（せいじょ？　しめい？）

エイベルの言葉をゆっくりと頭の中でくり返す。

(えっと、五人の聖騎士の内、三人が私を聖女に指名するってことは……)

「私が、聖女に決定……?」

コクコクとうなずく三人を見て、メアリーは清楚系美女の演技をすることも忘れて「えええええ⁉」と大声で叫んだ。

ゲーム『聖なる乙女の祈り』の中では、主人公のパティがどの攻略対象者とも仲良くならない場合、パティは聖女にならず、悪女メアリーが聖女になってしまう。けれどそれは、聖女の役目を果たせなかったメアリーのせいで、神殿の地下に眠るアンデッドドラゴンが復活してしまい、この王国が火の海になる、というとんでもないバッドエンドだ。

(この世界のパティはクリフを攻略したんだから、パティが聖女になるのはもう決定事項なんじゃないの⁉)

それなのに、目の前にいる三人の聖騎士たちは確かに「メアリーを聖女に指名する」と言った。

(私が聖女になったら、この国が滅ぶんだけど……)

真っ青になったメアリーに、エイベルが心配そうに声をかけた。

「メアリー、大丈夫?」

「……私は、聖女にふさわしくありません……」

なんとか声をしぼり出すと、カルヴァンがそっとメアリーの肩に手を置いた。

「そんなに気負う必要はない。私たちも協力する」

（そういう問題じゃない！）

「わ、私はパティ様が聖女にふさわしいと思います」

反抗していると思われないように、おずおずと提案してみると、エイベルとカルヴァンは顔を見合わせた。

エイベルが「僕もパティはすごくいい子だと思うけど、パティっていつ訪ねても、部屋にいないんだよね。いつもなにしているんだろう？」と首をかしげると、カルヴァンが「私は、パティ嬢が夜の訓練場で無心に剣をふるっていたと部下から報告を受けたことがある」と答えた。

「パティ様が、け、剣？」

（そっか、今のパティは中身が男の子のカイルくんだから、正体がバレないように、人にできるだけ会わないようにしてるのね。それで聖騎士たちとの好感度が上がらないんだ）

メアリーの平和な未来のために、そしてこの国の存続のためにも、パティにはどうしても聖女になってもらわないといけない。

「皆様からのお言葉は身に余る光栄です。でも、私はすぐにキレるし暴れるし、パティ様に嫌がらせをしていたような性格の悪い女です。聖女にふさわしくないことは、皆さんもご存じかと……」

エイベルが不満そうに腕を組む。

「それは、メアリーが周りのやつらに意地悪されていたからだろ？　僕だって食事に虫を入れられたら怒るって！」

それまで黙って聞いていたルーフォスが、腕を伸ばしそっとメアリーの頭をなでた。

「過去のことは気にせず、これからの幸せに目を向けろと言ってくれたのは、メアリーだろう？」

予想外に優しげな笑みを向けられてしまう。

（うん、これは……なにを言ってもムダだ！　聖女が正式に決まるのは、聖星祭《せいせい》の後。お祭りまでそろそろ時間がないわ。とにかく、カイルくんに相談しよう！）

そうと決まれば、「少し疲れてしまったので」と伝えてエイベルとカルヴァンにさっさと帰ってもらった。

（あとは護衛のルーフォスをどうするか……）

チラリとルーフォスを見ると、心配そうにこちらを見ている。

「お兄様、私、少しベッドで横になります」

「そうか」

しかしルーフォスが気を利かせて部屋から出ていく様子はない。メアリーがラナに手招きをすると、ラナは心配そうな顔で近づいてきた。

「お嬢様、大丈夫ですか？」

「ええ、少し休むわ。後でベッドルームにお水を持ってきてくれる？」

「はい！」と元気にうなずいたラナに微笑みかけ、ルーフォスに「失礼します」と頭を下げてから、メアリーはベッドルームに入る。ベッドのそばに置いてあるサイドテーブルの引き出しから紙を取り出し、ペンを走らせる。

（カイルくんは普段部屋にいないらしいから、手紙を書いて向こうから来てもらわないと）

コンコン、とノックの後に、ラナがワゴンテーブルの上に水差しとグラスを載せて運んできた。

「ラナ、この手紙をパティ様に渡してほしいの。もし、お部屋にいなかったら、扉の隙間にでも挟んでおいて」

「はい！」

ラナに渡した手紙には、『相談したいことがあるので、部屋に来てほしい』と、そして、念のために部屋の場所も書いておいた。ラナが部屋から出ていったのを見届けてから、メアリーはベッドに腰かけた。

（前世の記憶を取り戻す前のあの頃は、私がどこでなにをしていても、誰も気にしなかったのに）

だから以前のメアリーは誰かに気にかけてほしかったし、愛してほしくて、少しでも目立とうと派手な格好ばかりしていた。

（今は、いつも誰かがそばにいて一人になることも難しい。人に好かれるって、大変なのね）

メアリーはベッドに身体を横たえる。大きな窓にかけられたカーテンの隙間から、綺麗に晴れ渡った青空が見えた。


いつの間に眠っていたのか、窓の外が夕焼け色に染まっている。

（今、なにか音が聞こえたような……？）

メアリーがベッドの上で身体を起こすと、またコンコン、と音がした。

（ドア……じゃない？　窓？）

窓に視線を向けると、人影が見える。

(もしかして)

メアリーが窓に近づくと、修道服姿でフードを深くかぶった人が立っていた。メアリーに気がついたのか、不審者はフードを脱ぐ。フードの下には、夕焼けに照らされた清楚な美女、パティの顔があった。

慌てて窓のカギを開け、パティ姿のカイルを部屋へ招き入れる。その時に気がついたが、この部屋にはベランダがない。カイルは窓の外にある外壁の細いでっぱりを足場にして立っていた。

(ここ、四階なんだけど……)

カイルは危なげなく、楽々と窓枠を飛び越え、ひらりと部屋の中へ着地した。

(そういえば、前に私がシスターに毒を盛られそうになった時、なぜかすぐに毒に気がついたし、逃げたシスターもあっという間に捕まえていたっけ。もしかして、カイルくんってものすごく身体能力が高いんじゃ……?)

驚いてマジマジと見ていると、カイルは「えっと」と頭をかいた。

「その、窓から入ってすみません。メアリーさんから手紙をもらって。もしかして、人に知られたくない内容なのかなって、俺、思って」

「そうなの！　実は、ついさっき、三人の聖騎士に『聖女に指名する』と言われてしまって……」

カイルはパティの顔でポカンと口を開けた。

「やっぱ、そうですよね!?　姉ちゃんが聖女になるなんておかしいと思ってたんです！　俺だってメアリーさんが聖女になったほうがいいって思いますから！」

両手を握りしめて嬉しそうな顔を向けられてしまう。

「あのね、前にも言ったけど、私が聖女になったら、この国が滅びちゃうの」

必死に説明しても、カイルは「うちの姉ちゃんが聖女になったほうが、この国、滅びそうだけどなぁ」と不思議そうに首をひねっている。

「カイルくん、私は聖女になりたくないの。なにかいい方法ないかな？」

「うーん……俺じゃどうしたらいいのかわからないから、姉ちゃんに直接相談するのはどうですか？」

「え？　本物のパティに会えるの⁉」

「はい、明日の昼頃には神殿に来るって連絡がありました」

（ようやく……）

本物のパティに会える喜びに、胸が高鳴る。

「わかったわ。お姉さんが来たら、すぐに私に会わせてね。絶対よ！」

カイルは「わかりました！」と元気な笑みを浮かべてうなずいた。

それからのメアリーは、心ここにあらずといった様子だった。

なにもないところでつまずいたり、なにもない空間をボーッと眺めていたり。

ラナやメイドたちが心配そうにしていたが、メアリー自身どうすることもできなかった。

次の日のお昼頃、見知らぬ少年が部屋を訪ねてきた。十代半ばくらいに見えるその少年は、どこかで見覚えのあるアッシュピンクの髪に、紫水晶のような瞳をしていた。肌が白くきめ細かい。少年の髪が短くなければ、美少女といっても十分通用するくらい愛らしい顔だちだ。

(髪と目の色がパティと一緒……もしかして)

メアリーが少年を見つめていると、少年が照れたように頭をガシガシかいた。その仕草にハッとする。

「カイルくん⁉」

カイルは、人差し指を自分の口元に当てると「シーッ！」と静かにするように伝えた。

「メアリーさん。姉ちゃ……じゃなくて、パティさんがお呼びです」

「すぐに行くわ！」

その言葉を聞きつけ、護衛として部屋にいたルーフォスが立ち上がる。

「俺も行こう」

ルーフォスに適当にうなずき返すと、急ぎ足でパティの部屋へ向かう。貴賓《きひん》用の部屋に移されたのはメアリーだけだったようで、パティは今まで通りの聖女候補用の部屋を使っていた。

前を歩いていたカイルが、パティの部屋の扉をノックした。

「メアリーさんを連れてきたよ」

ガチャリと扉が開き、顔を出した魔導士クリフが「どうぞ」と穏やかに微笑んだ。

メアリーに続いてカイルとルーフォスが入ろうとするのを、クリフは止める。

「楽しい女子会に、男は不要ですよ」

メアリーが驚いてクリフを見ると、「ごゆっくり」と軽く頭を下げられた。

部屋の中にはパティが立っていた。彼女はメアリーを見て、ふわりと優しい笑みを浮かべる。

その途端に、緊張なのか喜びなのかわからない感情が湧き上がり、ふいに涙があふれた。

どちらともなく駆け寄り、抱きしめ合う。

「メアリー、大変だったね」

その一言で、涙がボロボロとこぼれ落ちた。

「もう大丈夫だよ。待たせてごめんね」

「う、うう、パティ……ありがとう」

もっと伝えたいことはたくさんあるのに、言葉がうまくまとまらない。

なんとか泣き止み、濡れた頬を手の甲でぬぐうと、メアリーは改めてパティと向き合った。

思わず触れたくなるような上品なアッシュピンクの髪に、吸いこまれてしまいそうなほど美しい紫色の瞳。その唇は花の蕾《つぼみ》のように愛らしく、誰もが見惚れてしまうほどの可憐な魅力に包まれていた。

「はぁ……美人」

「うわぁ……美人」

お互いの台詞が重なり、二人そろって驚いてしまう。

「パティってすっごく美人ね！」

「ううん、メアリーのほうこそ、すごい美人！」

お互いを散々褒めちぎった後、二人で同時に笑い出す。パティの明るい笑顔を見ながら、メアリーは『いい人そうで本当に良かった』と安心した。そして、ふと気がついたことがある。

「ねぇパティ。そういえば、私、メイクも衣装も変えてまるで別人なのに、よくメアリーってわかったわね」

「そりゃもちろん、私、メアリールートも完全攻略したからね。メアリーの素顔もちゃんと知ってるよ」

「え？　メアリールート？」

聞いたことのない言葉をくり返すと、パティの表情がこわばった。

「……もしかして、あなた、追加ダウンロードコンテンツ購入してない……とか、ないよね？」

「え？　なにそれ？」

パティは青ざめた顔で「ごめん！」と急に謝罪した。

「カイルからあなたも転生者だと聞いて、てっきりこの世界の全てを知っているのだと思ってたわ。本編しかプレイしていなかったら、今まですごく怖かったでしょう!?　本当にごめんなさい！」

両手を合わせて必死に謝るパティに「大丈夫、今までなんとか生き延びてきたから」と笑顔を見せる。

「それより、その追加ダウンロードコンテンツってなんのこと？」

パティはうなずくと説明してくれた。

「まず、『聖なる乙女の祈り』の発売から半年後くらいかな？　追加ダウンロードコンテンツが発売されたのね。その内容は、聖騎士五人とのラブラブイベントの追加。あと、新キャラとしてカイルが加わったわ」

「カイルくんは、パティの弟なのよね？」

「ううん。カイルは確かに弟ポジションなんだけど、実は、ドラゴンスレイヤーなの」

「ドラゴンスレイヤーって、ドラゴンを倒す人ってこと？」

パティはゆるゆると首を左右にふった。

「そうじゃなくて、太古の昔に邪悪なドラゴンを退治した時に使われた、ものすごく強力な武器ってこと」

「カイルくん、武器なの⁉」

「うん。その昔、太古の神々によって作られた、意思をもって姿を変えられる武器だそうよ。まぁ、言うなれば……」

パティの瞳がキラリと光った。

「カイルは運営がぶちこんできた、合法ショタよ」

「合法ショタ⁉」

合法ショタとは、一般的な意味として、実際の年齢は大人だが、外見は少年《ショタ》にしか見えない男性のことを指す。

「武器の所有者の外見をマネるから、私に似ているでしょ？」

メアリーはうんうんとうなずいた。

「ゲーム内では、選択肢によってカイルの性格が変わるの。可愛いショタとか、ツンデレショタとか。でも、なぜか私が育てたら生意気に育ってしまったわ。まぁ、あれはあれで可愛いけど」

パティは、メアリーの肩をポンと叩く。

「そして、追加ダウンロードコンテンツの最後の追加ストーリーが、まさかの悪女メアリー救済ルートだったの」

「……え？」

パティが言うには、『傲慢で暴力的な悪女と思われていたメアリーが、実は周囲に虐《しいた》げられていたのだと主人公のパティが気づく。そして、彼女を助けたいと思ったパティは、メアリーと少しずつ友情を育んでいく』というストーリーになるそうだ。

「それって最後はどうなるの？」

聖女候補の二人が仲良くなったら、どちらが聖女になるのだろうか。

「あ、うん、実は、メアリーが邪悪なドラゴンの死骸から切り離された魂を持っててね……」

「え？　え？　え？」

メアリーはパティの言葉を慌てて遮《さえぎ》る。

「私が、なんだって!?」

パティは「まぁ、未プレイならそういう反応になるよね……」と憐《あわ》れむような目をメアリーに向けた。

「神殿の地下に眠る邪悪なドラゴンの死骸は、何代にもわたり、聖女の力で腐敗を止められている、というのは知っているでしょう？　その癒しの力を受けて、ドラゴンの魂だけがよみがえって、人の赤ちゃんに入りこんだの。その赤ちゃんが育った姿がメアリーという設定」

「え？　なに？　……私、人じゃないの？」

「あー、うーんっと、人だけどドラゴンの魂を持っていて、おまけに歴代聖女の力を全て取りこんだくらい聖なる力が強い、特別な存在って感じかな？」

「お、おう……」

自分に降って湧いた厨二病設定をすぐには受け入れられない。パティはメアリーが理解できていないと思ったのか、さらに説明を続けた。

「ほら、本編のバッドエンド、覚えてる？」

「うん、メアリーが聖女になったら、ドラゴンが復活してこの国が火の海にってやつよね？」

「そうそう、あれの真相ね。メアリールートでわかるんだけど、メアリーがドラゴンの死骸に近づくと、メアリーの中にあるドラゴンの魂と共鳴して、ドラゴンが復活しちゃうのよ。あとさ、伝説級の武器、ドラゴンスレイヤーのカイルが急に人の世に姿を現したのも、ドラゴンの魂がよみがえったからそれに呼応したとか、なんとか」

パティの説明を聞きながら、メアリーは「あの、ふわっふわ設定の乙女ゲーム、意外と作りこまれたストーリーだったのね」と感心した。

「追加コンテンツ未プレイだったら、まったくわからないっていうクソ仕様だけどね……。たぶん、ストーリーよりイケメンを前面に出してまずは売り上げを～とか、大人な事情でカットされていたストーリー部分を追加コンテンツに詰めこんだ感じなんじゃないかな」

「なるほど……」

一通り理解したメアリーは、改めてパティを見た。

「パティにはすごく申し訳ないんだけど、私が勝手に行動したことで、今、ゲームとはぜんぜんちがう話になっちゃってるの。昨日、エイベル、カルヴァン、ルーフォスの三人が、私を聖女に指名するとか言ってきたし」

パティは、「ええ!? あの、メアリーにだけ異常に鬼畜な聖騎士たちを三人も手なずけるなんて、さっすが転生メアリーね!?」と冗談でなく本気で褒めてくれた。

「人間、死ぬ気でやればどうにかなるのね……何回も死ぬかと思ったけど」

遠い目をするメアリーに、パティは「死ぬといえば……ちょっと待っててね」と引き出しから丸い輪っかを取り出した。「はい」と差し出された黄金の輪っかの内側には、見たことのない文字のようなものが、隙間なくびっしり刻まれている。

「これね、本当はメアリールートで、私たち二人が協力して取りに行くんだけど……私はクリフを攻略しちゃったから、クリフに付き合ってもらって、代わりに取ってきたの」

パティはメアリーに腕輪をはめた。すると腕輪がキュッと縮み、メアリーの腕にしっくりと馴染む。

「それね、メアリーの中にあるドラゴンの魂が外に出ないようにする重要アイテムなの。それがないと、メアリールートでもメアリーが死んじゃうから、絶対に外さないでね」

ゾッとしながらメアリーはうなずいた。

「で、パティ、これからどうするの？」

「そりゃもちろん、私たちが協力して、私たち二人ともが幸せになる、私たちだけのオリジナルルートを作って、最高のハッピーエンドを迎えるのよ」

自信にあふれるパティの笑顔を見て、メアリーは嬉しくて泣きたくなった。

パティに「とりあえず、座ろっか」と言われ、メアリーはようやく今まで二人で立ちっぱなしで話していたことに気がついた。パティに勧められてソファに腰かけると、パティは向かいに座る。

パティは宝石のように綺麗な瞳でメアリーを見つめた。

「でさ、メアリーの最高のハッピーエンドってなに？」

「え？」

「ほら、ハッピーエンドって人によってちがうでしょ？　これをお互いに知っておかないと、後から『こんなつもりじゃなかった!!』ってなっても困るし……」

言われてみればそうだ。お姫様のような暮らしがしたい人もいれば、パン屋さんになりたい人もいる。

(そうだよね……。私のハッピーエンド……)

パティに会うまで生き残ることと、自由になることに必死で、その先を考えたことがなかった。

(生き残って自由になった私は、いったいなにがしたいんだろう？)

改めて考えてみると、なにも思いつかない。

「ちなみに、パティのハッピーエンドは？」

「私はね、クリフとずっと一緒にいたい」

パティは頬を桜色に染めながら、耳につけているイヤリングに触れた。そのイヤリングには見覚えがあった。

「あれ？　そのイヤリングって、もしかしてクリフとおそろい？」

「うん。これ、クリフが作ってくれたの。通信機とか発信機とかにも使えて、すごく便利なんだよ」

嬉しそうなパティを見て、メアリーの心も温かくなる。

「パティはクリフのことが大好きなんだね」

照れたパティが「ゲームプレイ中は、ハロルド殿下推しだったんだけどね」と衝撃発言をした。

「でも、ゲームが現実になると、私が王妃なんて柄でもないし、クリフ以外の聖騎士がメアリーに厳しすぎてドン引きしちゃってさ……いくらなんでも差別しすぎじゃない？」

「まぁ、メアリーの私が言うのも変だけど、悪女メアリー、ひどかったから……」

メアリーはハッとなり「今までたくさん嫌がらせしてごめんね。私、前世の記憶を思い出したのが、つい最近で……」と謝った。

パティは両手をふりながら「大丈夫、そっちの事情はわかっているから」と笑う。

「私のほうこそ、すぐにメアリーを助けてあげられなくてごめんね。私、聖女候補に選ばれるよりずっと前に、街で偶然クリフに会っちゃって、カイルと三人で仲良くなってたの。それで、もうすっかりクリフのことが好きになってて、聖女候補に選ばれたら、なにもしなくてもどんどん恋愛イベントが進んじゃって。そのせいか、メアリールートに入れなくて……」

パティは苦しそうな顔で「本当にごめんなさい」と深く頭を下げた。

「この世界では、メアリーだけは、パティが助けないと死んでしまうのに！　わかっていたのに、ゲームの流れを止められなくて！　本当に、ごめん！」

「そんな……。パティはなにも悪くないよ！　そもそも悪女メアリーなんて助けなくてもいいのに……気にしてくれてありがとう」

微笑みかけると、パティは腕でぐいっと涙をぬぐった。清楚系美女には似合わない仕草だったが、『カイルのお姉さんっぽい』とメアリーは思った。

「今のパティの話を聞いて、私も私のハッピーエンドを考えてみたんだけど……私は自分がなにをしたいのか、まだわからない。ただ、これからの人生は、ややこしいことに巻きこまれず、飢えたり痛いことされたり罵《ののし》られたりもしないで、パティみたいな素敵な友達がそばにいてくれたら嬉しいと思う」

素直に思ったことを口にすると、テーブルの向こうでパティが胸を押さえて苦しんでいた。

「どうしたの⁉　大丈夫⁉」

顔を上げたパティは赤面しながら「こ、これが転生メアリーの魅力……なんという攻撃力。あの鬼畜聖騎士たちが落ちた理由が、今、わかったわ」と、呼吸を荒くしていた。

「美しく可憐な姿に、どことなく漂う儚げな雰囲気。そして、つらい過去を背負っているのに、素直でいじらしい言動……落ちる、絶対に落ちるわ、私も今ので落ちたわ！」

「そんなに褒めてもなにも出ないわ。それに、聖騎士たちには生き残るために、わざと薄幸の美女の演技をして媚《こ》びを売っていたの。パティには、本当のことしか言わないよ。私にとって、パティは特別だから。希望の光……って感じかな？」

パティは「こ、これ以上は、やめて！　マジで惚れちゃうから！」と耳をふさいでいる。

「真面目な話なのに……」

息を整えたパティは「私も真面目に話しているわ」とため息をついた。

「でもまぁ、とにかくわかったことは、私たちは二人とも聖女にはなりたくないってことね」

「パティもなりたくないの？」

「うん。聖女になったらクリフといる時間が減っちゃうから」

「あ、ずっと一緒にいたいって、結婚したいとかそういう意味じゃなくて、『ずっと片時も離れずそばにいたい』って意味？」

パティは「うん、そう」とうなずいた。

「それに、聖女の役目って、身体に負担がかかるそうなの」

「そういえば、大神官様が『歴代の聖女たちは、一度聖なる力を使えば、数日間はベッドで寝こみ、起き上がることすらできなかった』とか言ってたっけ」

「え、そんなに!?」

驚くパティに「知らなかったの？」と聞くと「ゲームの中では、そこまで詳しく説明されてなかったから」と返ってきた。

「でもねパティ、私たちが二人とも聖女にならなかったら、この国が滅んじゃうよ？」

「だったら、聖女がいらない国にしたらいいわ」

「そんなこと、できるの⁉」

「この国は、大昔にドラゴンを倒して竜穴《りゅうけつ》の上に国を作ったのよ。竜穴《りゅうけつ》は、気が集中する場所で、繁栄をもたらすそうよ。もちろん、これもゲーム内の知識だけど」

「なるほど」

「おかげで、この国は今まで栄えてきたけど、ドラゴンの死骸という問題も抱えている。その死骸対策に聖女が必要なんだから、ドラゴンの死骸をなくせばいい」

「でも、どうやって？」

「だからさ、私たち二人の聖なる力で、ドラゴンの腐敗を止めるんじゃなくて……」

パティは急に悪そうな笑みを浮かべた。

「癒しまくって、完全に復活させちゃえば、いいんじゃない？」

「……え？」

メアリーの脳内に、カイルの『うちの姉ちゃんが聖女になったほうが、国が滅びそうだけどなぁ』という言葉が再生された。固まってしまったメアリーに、パティはパタパタと手をふる。

「もちろん、作戦はこれからちゃんと考えるよ！　私たちだけじゃなく、周辺にも危険がないようにしないといけないし……でも、ドラゴンの魂はメアリーが持っているんだから、復活したドラゴンと平和な話し合いができそうじゃない？」

両手を広げて嬉しそうに説明するパティに、メアリーは慎重に質問してみた。

「ねぇパティ、ゲームでそんなルートがあったの？」

「ううん、ないよ。今、私が思いついただけ」

その言葉は、メアリーにとって頭をハンマーで殴られたような衝撃だった。

「私……どうしてあなたが転生パティなのか、わかったような気がする……」

今まで悪女メアリーの死ぬ運命からなんとか逃げ出そうとあがいてきた。それなのに思い通りにいかず、同じ場所をグルグルと回っているような日々を過ごしていた。

（運命を変えるには、今あるものをこれくらい徹底的に破壊しないとダメだったんだ……）

「パティ、あなたの発想力と突破力は、世界を変えることができる主人公そのものだわ」

「そう？　ありがとう。クリフもいつもそうやって褒めてくれるの。まぁ、カイルにはいっつも『いい加減なこと言うな！』って怒られるけどね」

ふふっと笑うパティはとても魅力的だ。

パティの『ドラゴンを復活させちゃおう作戦』は天才的ひらめきだった。話を聞いていると、できるような気がするし、なぜか必ず成功して全てがうまくいくような気にすらなってくる。

（でも、発想がぶっ飛びすぎてて、カイルくんが『姉ちゃんが聖女になったら国が滅ぶ』と言っていた気持ちが今なら少しだけわかってしまうわ。転生パティは、天才なのね）

この天才とは、「勉強ができる」とか、「素晴らしい才能を持っている」とかではなく、「常識に一切とらわれずに思考できる」という意味での天才だ。凡人にできることは、その作戦の実現のため、全面的に協力することくらいなのかもしれない。

「ねぇ、パティ。カイルくんはドラゴンスレイヤーっていう強力な武器なんだよね？　だったら、復活したドラゴンとの交渉に、もし私が失敗しても、カイルくんにドラゴンを倒してもらえるよね？」

「それがね……」

パティは少しうつむいて腕を組んだ。

「うちのカイルは完全には覚醒していない状態なの。ゲームの中では、主人公パティとの好感度がＭＡＸになって『守りたい人』っていうイベントが発生するのね。カイル自身が、『どうしても、この人を守りたい』って思うくらい好きな人ができて初めて、真の力が解放される、っていうのが、カイルルートのストーリーなの」

「ということは、今のカイルくんでは、ドラゴンを倒せないってこと？」

「うん。私たち、良くも悪くも、本当に姉弟みたいな関係だからね。私が相手じゃ一生覚醒しないと思う。まぁ、それでもカイルはそこらへんの人よりはよっぽど強いけど、一人でドラゴンを倒すのは無理じゃないかな」

「なるほど……。倒すのは無理だから、いっそのこと復活させて仲良くなろうってことなのね」

「そうそう。ドラゴンとうまく仲良くなれればいいなぁって」

「仲良くなれなかったら？」

きょとんとしたパティは「それは私じゃわからないから、頭のいいクリフにこれから相談しよう！」とニコッと無邪気に微笑んだ。

そんなことを話していると、扉がノックされた。

パティは立ち上がると「はいはーい」と言いながら扉を開ける。そこには、ティーセットを載せたワゴンテーブルを押すクリフの姿があった。クリフはパティに微笑みかける。

「もうそろそろ、お茶にしませんか？　クッキーもありますよ」

「やったー！　気が利くね！　クリフ、大好き」

大喜びのパティをクリフが愛おしそうに見つめている。そんな二人を少し離れたところで見守りながら、メアリーは『そうそう、せっかく乙女ゲームの世界に転生したんだから、こういうラブラブなシーンをもっと見せてほしいわ』としみじみ思った。

クリフの後ろから、カイルが顔を出して「姉ちゃん、話、なげぇよ」と苦情を言う。

パティが「カイル、なに言ってるの？　女子会はこの程度じゃ済まないわよ。お茶が来たから、これであと四時間は話せるわ」と自慢げに胸を張った。

カイルが「マジかよ……」とつぶやきながらソファに座る。クリフは慣れた手つきでお茶をカップに注いでいた。

ルーフォスの姿がなかったので部屋の外を見ると、彼は廊下で一人静かに佇《たたず》んでいた。

「お兄様」

メアリーが近づき声をかけると「帰るのか？」と聞かれた。

「いえ、あと四時間くらいはお話しするみたいです」

本当か嘘かわからないが、ルーフォスはいないほうが都合がいい。

「お兄様は、先に……」

戻っていてくださいと言う前に、ルーフォスに頭をポンポンとなでられた。

「メアリー、大丈夫か？」

ルーフォスはそう言って、心配そうな顔を向ける。

（あ、そっか。私とパティの今までの関係がひどかったから、心配しているんだ）

「はい、大丈夫です。パティ様は全て許してくださいました。とても楽しい時間を過ごしています」

「そうか」

ふわりと優しい笑みを浮かべたルーフォスは、「四時間後に迎えに来る」と言い、去っていった。

（予想外に過保護なお兄様になってしまったわ。でも、嫌われるよりこっちのほうがいいわね）

パティの部屋に戻ろうとすると、扉の陰からパティ、クリフ、カイルの三人がこちらをのぞいていた。パティが「うっそ、あのメアリー大嫌いなルーフォスが妹思いのお兄ちゃんになってるわよ!?　転生メアリー、すごすぎる……」とカタカタと震えている。そのそばでカイルが「なんか、気にくわねぇ」と可愛い顔をしかめていた。

結局四人でお茶をすることになり、クリフが皆のお茶を淹《い》れてくれた。

「パティ、メイドはいないの？」

「うん、私は貴族じゃないからね。聖女候補に選ばれた時に雇っても良かったんだけど、クリフがこういうことするの好きなんだって。だから全部任せることにしちゃった」

「そうなんです」とニコリと微笑むクリフを見て、メアリーは『クリフってこんなキャラだったっけ？』と思った。

（でも、他の聖騎士たちの性格もゲームとは変わってしまったし、転生パティとの出会いでクリフも変わったのかもしれない）

クリフが淹《い》れてくれたお茶はとてもおいしかった。

その後、パティが考案した『ドラゴンを復活させちゃおう作戦』の話をすると、カイルは「姉ちゃんが、またおかしなことを言い出した」とあきれた様子になった。そして、意外なことにクリフも否定的だった。

「それは……ちょっと」

顔をしかめるクリフを見て、パティは悲しそうな顔をする。

「そんなにダメかな？」

「ダメではないけど、聖なる力を使えばパティの身体に負担がかかるのでしょう？　でしたら、私は反対ですよ」

「だったら、クリフは、私の身体に負担がかからなかったらいいってこと？」

クリフは「はい、もちろん」と笑顔で答えた。

「発想自体は、最高に面白いですよ！　さすが私のパティ！　この世で私をこんなにも驚かせて楽しませてくれるのは、あなただけです」

クリフは、黄色の瞳をキラキラと輝かせて、パティをうっとり見つめている。パティは嬉しそうに頬を赤く染めた。

メアリーの隣に座っていたカイルが「メアリーさん、すみません。こいつら、いっつもこんな感じなんです」とうんざりした様子で教えてくれる。

「ふふ、素敵ね」

「そうですか？」

納得できない顔のカイルに、パティが「そういえば、頼んでたこと、どうなったの？」と聞いた。パティはメアリーに、「カイルに、ドラゴンの死骸のある場所を探すように頼んでいたの」と教えてくれる。

「ああ、見つけたぜ。神殿の奥のほうにある、女神像みたいなのの真下だな」

カイルの言葉を聞いて、メアリーは大神官に会いに行く途中で見かけた祈る女性の像のことを思い出した。

「カイルくん、それって左右に柱がいっぱい並んでるところの、奥にある像のこと？」

「あ、はい、そうです。メアリーさん知ってるんですか？」

「うん。だとしたら、神殿の真下にドラゴンの死骸があるってことよね？」

「そうなりますね」

ふとパティを見ると、手で口元を押さえて笑いをこらえていた。

カイルが「なんだよ？」と不機嫌そうに聞く。

「あんた、メアリーの前じゃそんなにいい子ぶってるの？」

「い、いい子ぶってねぇよ!?」

「ちょっ、私の弟がすっごく可愛いんだけどぉ！」

「やめろ！」

じゃれ合う美人姉と美少年弟は、目の保養だ。

(はぁ……動画を撮りたい)

うっとりしながらそんなやましいことを考えていたら、クリフと目が合った。こちらに向けられた瞳が予想外に冷たくて、驚いてしまう。

「メアリーさんは、聖なる力を使っても身体に負担がかからないのですよね？」

そう言ったクリフはいつものように優しい笑みを浮かべている。

(今のは、気のせい？)

メアリーが「はい。だから、私一人でもドラゴンを復活させることができるかもしれません」と言うと、パティが「それはダメ！」と叫んだ。

「さすがにそれはメアリーが大変すぎるわ。ねぇクリフ、なにかいい方法ないかな？」

「そうですね……。聖女の力には遠く及びませんが、聖職者の神力や、多くの人々の祈りも、聖なる力と同じような効果をもたらします」

「ふーん、じゃあ、国中の人に一斉に祈ってもらえばいいってことだ」

パティの無邪気な言葉を聞いて、カイルは「どうやったら、そんなことができるんだよ……」とあきれている。

「そりゃ、この国のえらい人にお願いしたらいいんじゃない？」

「だから、どうやって……」

カイルの言葉を遮《さえぎ》って、メアリーがつぶやいた。

「……できるかもしれない」

（えらい人、大神官なら私のお願いを聞いてくれるかもしれない）

「え？　メアリーさん？」

カイル、パティ、クリフが驚いた顔でメアリーを見つめる。

「私、そのお願い、えらい人に聞いてもらえるかもしれないわ。でも……」

（私はパティのように自分の考えに自信が持てない）

言葉を詰まらせていると、パティがそばに来て手を握ってくれた。

「メアリーが思ったことを、言えばいいよ」

「でも、もし間違っていたら？　私は主人公でもないし、追加コンテンツのゲーム内容も知らないんだよ？　もし私の間違った行動のせいで大変なことになってしまったら……」

パティはニコッと笑った。

「あのね、私が好き勝手言ってるのは、主人公だからじゃないよ」

「え？」

「メアリーは、どうして自分がこの世界に転生してきたと思う？」

「それは……私がこのゲームを好きだったから？」

「もちろん、それもあると思うけど。……私はね、転生者を呼ぶ世界は、なにかに行き詰まっている世界だと思っているの。もし神様みたいな存在がいるんだったら、転生者の力を借りて、前に進ませようとしているんじゃないかなって」

クリフが「実際、この国は行き詰まっています。このままですと、そのうち、激しい内乱が起きると思いますよ」と物騒な言葉をはさんだ。

「うんうん。それにさ、転生もののお話って『転生者が大活躍！』みたいな、そういうの多いじゃない？　だからさ、転生者の私たちは自分にできる思いついたことを、全部やっちゃえばいいんだよ。元から行き詰まっている世界なんだから、失敗して滅んでも仕方ないって」

明るく無邪気に無責任な発言をされて、メアリーはポカンとした。

パティは慌てて「もちろん、滅ばないほうがいいよ！」とすぐに否定する。

「皆が幸せになるのが理想だよ！　そのために頑張る。けど、そんな世界の命運を、私たちだけに任されても、勇者じゃあるまいし……って感じしない？　だから、とりあえず、私は私とその周りの人が幸せだったら、それでいいかなって」

パティは「ごめんね、すっごく適当で」とうなだれた。

「ううん、そうだね。私たちができることなんて限られてるよね。私だって、今まで自分の思いつきで生き残ってこられたんだし！　私、思いついたことやってみる！　ありがとうパティ」

ポンッとメアリーの肩に右手を乗せたパティは、「失敗したら、四人で逃げよう！」と力強く言ってくれた。

「そうと決まれば、私、さっそく行ってくるね！」

メアリーはクリフを通して「大神官様に会いたい」と神官に伝えてもらった。

しばらくすると、一人の神官がメアリーを迎えに来た。案内されるままに、メアリーは大神官のもとへ向かう。

前に会った時と同じように、大神官は背中を丸めて椅子に座っていた。

「よく来てくれたね、メアリー」

その声はしわがれていたが、前よりは元気そうだった。

「こっちにおいで」

手招きされて近づくと、大神官の顔色はとても良くなっていた。

「おかげさまで、調子が良いよ」

「良かったです」

「メアリーがここに来てくれたということは、私の養女になることを決心してくれたのかい？」

「はい」

メアリーが答えると、大神官の目尻のシワがより深くなった。

「ありがとう、メアリー。やっと約束を果たせたよ。これで、私はようやく彼女のもとへ行ける」

「彼女、ですか？」

「そう、彼女だ。メアリー、君に、年寄りの昔話を聞いてほしい」

大神官は、ゆっくりと目をつぶった。

「私が君くらいに若かった頃、神官の身でありながら恋に落ちてしまってね。彼女は、とても美しかった……」

深くシワの刻まれた口元に優しげな笑みが浮かぶ。

「私の愛した人は聖女だったんだ。優しい人だった。子どもが好きで、自分が子を授かることはできずとも、この国の子どもたちが健やかであることを願っていた。……彼女はこの国を守るためにと聖なる力を使い、そのたびに弱っていってね。十年も経てば、彼女はベッドから起き上がれなくなっていたよ。私はただ、弱りゆく愛する人の手を握り、涙を流すことしかできなかった。彼女は最後にこう言ったよ」

『私のような人を、一人でも減らして』

「それから私は必死だった。国民たちの祈りの力が強まれば、聖女の負担が減る。そのことに気づいた私は神殿の力を強めるために、なんでもした。決して褒められたものではないようなこともね。おかげで前任の聖女は三十年間もお役目を果たせた。私は己の人生にそれなりに満足していたよ。でも、メアリー、君が神殿にいてくれたら、もうそんなことをする必要はない」

ゆっくりと開かれた瞳は、ここでないどこかを見ていた。

「彼女、喜ぶだろうねぇ……」

メアリーは両膝を突くと、大神官のシワが刻まれた手を優しく握った。

「大神官様、そういうことでしたら、愛する人にもっといい報告ができるかもしれません」

「と、言うと？」

パティの提案『ドラゴンを復活させちゃおう大作戦』を伝えると、大神官は言葉を失った。

「そんなことが、可能なのかい？」

「わかりません……ただ、できそうな気がしませんか？」

「もし、復活したドラゴンと交流できなかったら、どうするんだい？」

「それは、今、天才魔導士クリフが対策を考えてくれています」

（私はパティのように人を惹きつける力はない。だから、演技して媚《こ》びを売ってお願いするだけ）

メアリーは、そっと大神官の手を自分の頬に当てた。それは、ゴワゴワとかさついた手だったが、嫌ではなかった。上目遣いで、できる限り甘えた声を出す。

「おじいちゃん、お願い。私たちに力を貸して？」

まぶたのたれた瞳が大きく見開いた後に、大神官の口元に笑みが浮かぶ。

「君は、ずるいねぇ」

頬に添えられていた手がゆっくりと動いた。

「急に可愛い孫ができたような気分だよ。メアリー、君の頼みは断れそうにもない」

年を重ねた手が、優しくメアリーの頭をなでた。

（まるで猫にでもなったような気分だわ）

目元のシワを深くしながら、しわがれた声が優しく語りかけてくる。

「メアリー、国民に一斉に祈りを捧げさせるのは簡単だよ。聖星祭《せいせい》は、祈りの力を強めるために私が始めた祭だからね」

大神官は「この祭りは三日間続くんだ。そして、最終日に、広場の鐘を鳴らして一斉に祈り、この祭りは終わる。今回は、私が皆の前に出て、より深く祈るように仕向けよう」と言ってくれた。

(お祭りの最終日、国中の人たちが奉げた祈りの力を、ドラゴンの復活に使うってことね)

「ありがとう、おじいちゃん」

メアリーは立ち上がると、シワが刻まれた大神官の手の甲にそっとキスをした。大神官は「長生きしていると、思いもよらないことが起こるものだねぇ」と苦笑した。


メアリーは、また神官に送られてパティの部屋の前に戻ってきた。

神官が深く頭を下げて去っていくと、逆の方向からルーフォスが現れる。

「メアリー、四時間経ったぞ」

「はい、すぐに戻ります」

(本当にお迎えに来てくれたのね)

先を歩くルーフォスの後を追う。

(ルーフォスには、私が大神官の養女になったことを言っておかないと……)

いずれわかることにしろ、先に伝えておくのと、後から他人に聞かされるのとでは大違いだ。

「お兄様」

メアリーが声をかけるとルーフォスは足を止めてふり返った。

「お話ししたいことがあります」

「なんだ？」

「ここではお話しできません。できれば、ラナやメイドたちにも聞かれたくないのですが……」

ルーフォスは、少し考えた後「俺の部屋に来るか？」と聞いてきた。

（部屋？　聖騎士も神殿に部屋を与えられているの？）

考えてみれば、『聖騎士は、次の聖女が決まるまでできるだけ神殿にとどまるように』と言われているらしいので、神殿で寝泊まりしていても不思議ではない。

そんなことを考えていると、ルーフォスが「……変な意味ではない」と少し焦ったように言い訳した。

「誤解はしておりません。大丈夫です。行きましょう」

ルーフォスの少し後ろを歩きながら、メアリーは気になっていたことを聞いてみた。

「聖騎士の皆さんは、神殿にとどまっているのですか？」

「『聖騎士には魔を祓《はら》う力があるから、聖女が選ばれるまで、できるだけ神殿にいるように』と言われているからな。だが、常駐しているのは、俺とエイベルくらいだろう。ハロルド殿下とカルヴァンは、城と神殿を行き来しているようだ」

（そういえば、エイベルもそんなことを言っていたような気がする）

「魔を祓《はら》うって、具体的にはどんなお力なのですか？」

ルーフォスは、少し黙った後、「わからない」と答えた。

「え？」

「聖騎士に選ばれる基準は、聖なる力が強いことと、攻撃手段を持っていることだ。俺の場合は剣術だし、クリフなら魔術だ。最優先事項は聖女候補の護衛だから実際に魔を祓《はら》ったことはない。そもそも、『魔』とやらがなにを示しているか、俺たちは知らされていないんだ」

（そっか。地下にドラゴンの死骸があることは、やっぱり聖騎士にも知らされていないのね。聖女に役目があるように、たぶん聖騎士にもなにかしらの役目があるはず。その力をなにかに利用できるかもしれない。今度、大神官のおじいちゃんに聞いてみよう）

ルーフォスに案内された部屋は、メアリーに与えられた貴賓《きひん》用の部屋ほどではないが、なかなかの広さだった。メイドは置いていないのか姿はなかった。

ソファに座るように勧められたが、それほどゆっくりするつもりはない。

「お兄様、私たちのお父様……ノーヴァン伯爵は、神殿と王家を騙した罪に問われています」

「父上が罪を……？　いったいどういうことだ」

「ノーヴァン伯爵は、ある孤児を引き取り、それを自らの子どもと偽って聖女候補に仕立て上げたのです」

「なっ!?　それは、つまり……」

（言っちゃった……遅かれ早かれわかることだけど、ルーフォスにとってはショックよね、いろん

な意味で）

驚いたルーフォスに、メアリーはゆっくりとうなずいた。

「幸いなことに、私のことを大神官様が気に入ってくださり『養女にしたい』というお話を受けました。養女になれば神殿側がお父様の罪を不問にしてくださるそうです」

（まぁ、本当はノーヴァン伯爵なんてどうなってもいいけどね。養女になったのは自分のためだし。でも、ルーフォスにはこう言っておいたほうが納得してくれるでしょ）

ルーフォスの青い瞳が、まっすぐにこちらを見ていた。

「メアリーは、それでいいのか」

「はい」

即答すると、ルーフォスはため息をついた。

あ、機嫌悪そう。もしかして本当は血が繋がってないとわかったのに、私が離れようとしているから、とか？）

「本当にわかっているのか？　神殿に身を置くということは、生涯結婚ができないんだぞ？　家族も子どもも作れない。常に質素な生活を強いられるし、やりたいことがあっても神殿内でできることは限られている」

「そういうことですか……」

ルーフォスの言葉を改めて考えてみた。

「問題ありません。私は今まで生き残ることに必死で、自分がやりたいことなんて考えたこともありませんでした。だから、なにもやりたいことが思いつかないんです」

『気にしないでください』という意味で伝えたが、ルーフォスはうつむくと両手を強く握りしめた。

「俺は納得できない。メアリーには幸せになってほしいと思っている」

「大神官様の養女ですよ？　幸せです」

ルーフォスは視線をそらすと黙りこむ。

「お兄様？」

声をかけると、彼はようやく口を開いた。

「父上の犯した罪をお前が償《つぐな》う必要はない」

「そう、でしょうか……確かにそうですが……」

ルーフォスからそんな言葉が出てくるとは思っていなかった。

「父のことは俺がどうにかしよう。その上で、大神官様の養女になりたいか、もう一度考えてみてくれ。ノーヴァン伯爵家のことがなくても養女になりたければ、俺はもう反対しない」

「どうして、そこまでしてくださるのですか？」

「今の話を聞いて、混乱していないと言えば嘘になる。だが、俺たちは兄妹だ。今さらだが、俺はメアリーと、ちゃんと家族になりたいと思っている」

「迷惑か？」と聞かれメアリーは首を左右にふった。前世の記憶を取り戻すまで、メアリーはずっと家族が欲しかった。家族に認めてほしかったし、愛してほしかった。

「嬉しいです」

メアリーはそう答えた。ルーフォスが優しく頭をなでる。

(最近、いろんな人に頭をなでられてばかりいるわね……)

その日から、ルーフォスはメアリーの部屋に来なくなった。

二日後、『ノーヴァン伯爵夫妻が聖騎士の権限で神殿に連行されてきた』とラナから聞いた。

「なにが起こったの？」

真っ青な顔をしたラナが「わ、わかりません」と泣きそうになる。

(もしかして、ルーフォスがなにかしたんじゃ……。いや、腹黒ハロルド殿下も、目障りなノーヴァン伯爵を潰してルーフォスに伯爵を継がせたいって言ってたわね。どっちにしろ、そのうち私が呼ばれるはず)

予想通り、その日の夕方、ルーフォスがメアリーの部屋に現れた。

「メアリー、来てくれ」

なんの説明もなかったが、大人しくルーフォスの後をついていった。連れていかれた先は、メアリーが以前、断罪を受けそうになったあの部屋だった。

部屋に入るとルーフォス以外の聖騎士四人がずらっとそろっていて、その前に縄で縛られたノーヴァン伯爵夫婦が、兵士たちに押さえられ、床にひざまずかされていた。

その様子が、乙女ゲーム『聖なる乙女の祈り』のメアリー断罪イベントのスチルとそっくりで、メアリーは一瞬めまいを感じた。ふらつくメアリーをルーフォスが支える。

こちらに気がついたノーヴァン伯爵がルーフォスに向かって叫んだ。

「気でも違ったか、ルーフォス！」

夫人もカタカタと震えながら、「ルーフォス」とつぶやき涙を浮かべている。

ハロルドのそばに控えていたカルヴァンが腰の剣を抜き、ノーヴァン伯爵に突きつけた。

「罪人が、殿下の許可なく口を開いていいとでも？」

低く冷たい声が室内に響いた。一人だけ椅子に座っているハロルドは、相変わらず端正な顔に柔らかな笑みを浮かべている。

「さて、カルヴァン。彼らの罪状を読み上げてくれるかな？」

ハロルドの言葉を受けて、カルヴァンは剣を納め、そばにいたエイベルから書類を受け取った。

「罪状を読み上げる。ここにいる男は、伯爵という地位にありながら、聖なる力の強い子どもを手に入れるために若い夫婦を殺害。その後、子どもの記憶を無理やり奪い、己に都合のいい記憶を上書きした」

サァとメアリーの血の気が引いていく。

(私を引き取ってくれたあの夫婦は、ノーヴァン伯爵に殺されていた？)

一瞬だけ見えた『お母さん』の優しそうな声と笑顔が脳裏によみがえる。

ノーヴァン伯爵が口を開いた。

「殿下、これはなにかの間違いです！　ルーフォス、なんとか言ってくれ！」

必死に叫ぶノーヴァン伯爵を見て、メアリーは『本当に断罪されるべき人たちは、メアリーじゃなくて、コイツだ』と怒りで身体が震えた。ルーフォスは無感情に口を開いた。

「父上、罪のない夫婦を殺し、その子どもを略奪したばかりか、実子と偽って聖女にしようと企《くわだ》てた……これは王家と神殿への反逆です。言い逃れはできません」

伯爵は信じられないものを見るようにルーフォスを見た。

（まさかルーフォスに裏切られるとは思っていなかったようね。クズで犯罪者な親でも、二人ともルーフォスだけは可愛がっていたもの）

その瞬間、メアリーは伯爵夫人と目が合った。

「わかったわ……お前ね!?　お前がルーフォスをたぶらかしたのね!?」

伯爵夫人の目が鋭く吊り上がり、呪うように喚《わめ》き散らす。

「この恩知らずが！　不出来なお前をここまで育ててやった恩を忘れたの!?」

（まともに育ててもらった記憶はないけどね……）

そんなことを考えながらも、おびえるふりをしてルーフォスの背中にそっと隠れる。

ルーフォスは、メアリーをかばうように一歩前に出た。

「母上、見苦しいですよ。母上は、聖女候補パティに毒を盛り、その犯人をメアリーに仕立て上げようとした罪に問われています」

「ルーフォス騙されないで！　その女は、その汚らわしい女は！」

ルーフォスはため息をつくと、メアリーをふり返った。

「メアリー、これを守る価値はあるか？　残念だが、彼らは越えてはいけない一線を越えてしまっている。彼らはただの犯罪者だ。反省の色すらない」

「お兄様……」

「もう終わりにしよう」

ルーフォスの言葉にメアリーはうなずいた。

「私、メアリーは、神殿の調べにより子どもの頃に無理やり記憶を改ざんされたと証明されていま
す。そして、神官の神力により、記憶を繋ぎ合わせることに成功しました。今、カルヴァン様が
おっしゃった罪状は全て真実です」

（まぁ、記憶は断片的にしか見ていないから、半分くらいハッタリだけどね）

ルーフォスはハロルドに向き直ると、片膝を突いて深く頭を下げた。

「殿下、愚かな両親の処罰と爵位剥奪を望みます。私が爵位を継いだ後は、ノーヴァン伯爵家は殿
下に忠誠を誓うことをお約束します」

カルヴァンが「罪状はこちらに」とハロルドに紙の束を渡した。

パラパラと目を通したハロルドは「うん」とうなずく。

「国王陛下の許可はすでに得ているよ。大切な祭りの前だし、聖女候補に関することは聖騎士に
一任されているから、私たちで解決してしまおう。伯爵は爵位を剥奪の上、鞭《むち》打ち百回の後、斬首。

二人も手にかけているのだから、妥当なところだね。夫人の処罰は……どうしたい、メアリー？」

ハロルドは美しい顔に、ぞっとずるような冷たい笑みを浮かべた。

「私……ですか？」

「そう、その背中の傷を見る限り、君が夫人の一番の被害者だと思えるけど？」

夫人は「誤解です！　私は不出来な娘にしつけをしたまで！」と叫んだ。それまで静かにしていたエイベルが、「消えないアザと傷痕が残るくらいの暴力をしつけ……ね」と冷たい声を出した。

（夫人のことをかばうつもりはないけど、私の意見で人が死ぬのはちょっと……）

これまでひどい目に遭わされてきたことは事実だが、死まで与えたいとは思えない。メアリーは部屋のすみで静かに成り行きを見守っていたクリフに視線を送る。

「そうですね……。クリフ様、彼女が私に行ったしつけを、そのまま彼女に返すことはできないでしょうか？」

クリフは目をパチパチとさせた後、「できますよ」と微笑んだ。

「攻撃を受けた時に、そのまま跳ね返す魔法があります。それを少し応用すれば可能です」

「そうですか、では、それを彼女への処罰として希望します」

「ひっ」と小さく悲鳴を上げた夫人は「メアリー、なんてことを言うの⁉」と叫んだ。

「どうしましたか？　お義母様《かあさま》は、不出来な私にしつけをしてくださったのですよね？　お義母様《かあさま》の愛は確かに受け取りました。ですから、私も愛をお返ししますね」

ニコリと微笑みかけると、夫人の顔から血の気が引いていく。

（聖なる力の強い私は痛みをあまり感じないけど、お義母様《かあさま》は耐えられるかしらね？　まぁ、自分がやったことだから仕方ないか）

クリフが呪文を唱え、右手を夫人にかざした。途端に、夫人の頬が見えないなにかに激しく打たれる。

「これから、あなたがメアリーさんにしたことが、毎日、あなたに降りかかります。同じ時間帯に、同じ回数、同じ強さで行われます。まぁ、しつけなので大丈夫ですよね？」

クリフは、優しい笑みを浮かべながら丁寧に説明したが、夫人はそれどころではなかった。見えないなにかに、バチンバチンと頬を打たれ「いや、いや！」と言いながら涙を流している。その様子を見ていたハロルドが「この程度の処罰でいいの？　聖女候補に毒を盛ろうとした上に、罪を着せようとしたのだから、死なない程度の毒を飲ませて永遠に苦しめるという手もあるよ？」と言い出した。

「……いえ、これで結構です」

ハロルドは「メアリーは優しいね」とつぶやいた。

（ほんと、この腹黒王子だけは敵に回したくないわね……）

おびえながらハロルドを見ると、パチンとアイドルのようなウィンクを返された。

罪人は兵士たちに引きずられるようにして部屋から出ていった。

かつては『家族』というくくりで、どうしても愛してほしかった人たちの末路を見ても、メアリーはなにも感じなかった。ただ少し、せいせいした気分ではある。

隣のルーフォスを見ると、やはりどこか清々しい顔をしていた。

（お互い、毒親のせいで大変だったわね）

ルーフォスがこちらを見た。

「終わったな」

青い瞳がふわっと優しい笑みを浮かべた。

「はい、お兄様」

自然とメアリーの頬もゆるんだ。

ルーフォスが、ハロルドに向かってもう一度頭を下げる。

「殿下、聞き入れてくださりありがとうございます」

「うん。元・ノーヴァン伯爵夫妻の今後のことは私に任せてほしい。一番効果的なタイミングで世間に公表して、貴族派にダメージを与えよう。それと……」

ハロルドはクリフに視線を向けた。

「さっきの魔法、魔道具かなにかにして一般人にも使えるようにできないかな？」

クリフは「できますよ」と穏やかに答えた。

「じゃあ、正式に仕事として君に依頼するよ。好きな金額を提示してほしい。メアリーが思いついたあれは面白いね。これから、犯罪者を処罰する時はあの魔法をかけて苦しませよう」

楽しそうに微笑むハロルドの横で、カルヴァンが「犯罪件数の低下に繋がるかもしれませんね」と真面目に答えた。エイベルが、「はいはーい」と元気に右手を挙げる。

「殿下、この際ですから、『子どもに暴力をふるってはいけない』という法律でも作りませんか？」

ハロルドがにっこりと優しい笑みを浮かべた。

「そうだね。君の父君のフランティード侯爵が、王家をもっと尊重してくれたら、そういう法改正も可能だろうね」

「うっ」となったエイベルは「わかりました。僕のほうで父を説得します」と気まずそうな顔をした。

(貴族派のノーヴァン伯爵家とフランティード侯爵家がハロルドについたら、王権の復活も夢じゃないわ。そうすれば、ゲームでエイベルの身にふりかかる事件も起きないだろうし。ゲームではパティが各自のルートに入らないと為《な》せなかったことだけど、やっぱりパティに選ばれなくても、皆、それぞれ前に進んでいけるのね)

メアリーがそんなことを考えていると、クリフが近づいてきた。

「メアリーさん。明日、パティがまた女子会を開きたいそうです。来ていただけますか?」

「もちろんです」

(女子会が開かれるということは、『ドラゴンを復活させちゃおう作戦』の会議をするのね)

エイベルが「えー? 女子会ってなに? 楽しそう! 僕も行っていい?」と可愛らしく聞いてきた。

(それは困る)

メアリーが断る前に、クリフが「女子会は女性しか参加できませんよ」と言い、ルーフォスが「しかも一度始まると、四時間以上、熱く議論を交わすことになるぞ」と続けたので、エイベルは「え? そんなに過酷なの?」と顔を青くした。

窓の外を見るとすっかり日が暮れてしまっている。

(ラナも心配しているわね)

メアリーはハロルドに深く頭を下げた。

「殿下、私はこれで失礼します」

ハロルドはメアリーには答えず、聖騎士たちに声をかけた。

「少しメアリーと話したいから、皆は席を外してほしい」

カルヴァン、エイベル、ルーフォスはハロルドに頭を下げると、静かに部屋から出ていった。

(なにを言われるのかしら？)

メアリーが内心おびえていると、ハロルドはクスッと笑う。

「君の証言は役に立ったよ」

「殿下のお役に立てて光栄です」

ハロルドはサラサラの黒髪を、優雅な仕草で耳にかけた。

「前に私が『利用されたくなかったら、もっと大局を見て、利用する側に回らないと』って言ったのを覚えているかな？」

「はい」

「役に立ってくれたお礼に、君にその大局というものを教えてあげるよ。それを知れば、どうして君がこんな厄介な人生を歩むことになったのかがわかる」

メアリーは静かに、ハロルドの次の言葉を待った。

「君も知っていると思うが、この国は聖女がいないと存続できない。そのせいで神殿が強い権力を持ってしまった。逆に言えば、聖女さえ手に入れれば、望むもの全てが叶うんだ。君の育ての親であるノーヴァン元伯爵が重罪を犯してまで聖なる力が強い少女を手に入れたかった理由はそれだね」

「はい」

「では、ノーヴァン伯爵は、そこまでしてなにを望んだのか考えたことはあるかい？」

ハロルドに言われてメアリーは初めて疑問に思った。

（言われてみれば、伯爵はすでに伯爵という高い地位にあって、しかも、息子のルーフォスが名誉ある聖騎士に選ばれたのに、どうして私を聖女にする必要があったの？）

答えが欲しくてハロルドを見ると、ニッコリと微笑みかけられた。

「メアリーは、聖騎士はどうやって選ばれていると思う？」

「それは……国中から聖なる力が強い男性を選んで……」

「本当にそうかな？　それにしては、選ばれた人が貴族に偏りすぎていると思わない？」

「それって、もしかして」

「そう、聖騎士は、大神官によって、王族派と貴族派からそれぞれ二名。そして、どちらにも所属しない勢力から一名が選ばれているんだ」

王族派は、ハロルドとカルヴァン。貴族派はエイベルとルーフォス。そして、どちらにも所属しない魔導士のクリフ。

「それは、どうして？」

「もちろん、神殿の権力を誇示するためだよ。もし、私が選ばれていなかったら、どうなっていたと思う？」

「それは……」

聖騎士に選ばれることはとても名誉なことだ。けれどそれに選ばれなかったとすると、ただでさえこの国で無力な王族が、より無力になっていたことだろう。

「つまり、『聖騎士に選ばれたかったら、神殿に逆らうな』ってことですか？」

「はい、よくできました」

出来の悪い生徒を褒めるようにハロルドは微笑んだ。

「王族派と貴族派、そして、神殿。三者の危うい状態で保たれているこの関係を、ノーヴァン元伯爵は、貴族派から聖女を出すことによって壊そうとしたんだ。聖女が出たとなれば、それだけ力を手にできるからね。それを阻止するために、王族派は平民出身のパティを聖女にする必要があった。私が君を殺したかった理由は理解できたかな？」

「はい」

（ようするに聖女選びの裏で、貴族派が王家に反逆を企《くわだ》てていたってことよね）

言われてみれば、ゲーム内で主人公のパティが貴族派のエイベルやルーフォスと結ばれると、その後『この国はその後、王家を形骸化して貴族政となった後、民主化に進みました』と、少しだけ語られていた。

（でもこれが、ハロルドルートのエンディングだと、『聖女兼王妃になったパティは生涯ハロルドを支え国のために尽力しました』になるんだから、悪女メアリーは、知らないうちにこの国の重要

な分岐点に立たされていたのね。様々な思惑に巻きこまれて利用されて、虐《しいた》げられて、命まで奪われるはずだった）

事情はわかった。わかったからこそ、とても嫌な予感がする。

（……じゃあ、どうしてハロルドは、今、私にこの話をするの？）

恐る恐るハロルドを見ると、「メアリーの、そのおびえた瞳。とても好ましい」と独り言のようにつぶやいた。

「私はこんな姿だから、周囲から侮《あなど》られやすいんだ。でも、君はいつも私におびえながら最大限の敬意を払ってくれるよね」

（な、なにが言いたいの？）

チラリと黒髪のアイドルが熱い視線をよこしたかと思うと、メアリーに迫り、壁際に追い詰める。

「常に私に畏敬の念を抱いてくれる、君のような女性が、私のそばにいてくれたら嬉しいな」

それは、遠回しな愛の告白……ではなく、『君は利用価値があるから、これからも逃がすつもりはない』という脅迫にしか聞こえない。

（い、いやぁあああああ!?）

メアリーは内心で絶叫しながら、必死に作り笑いを顔に貼りつけた。

「殿下、お戯れを」

「戯れなんかじゃないよ。メアリーは伯爵令嬢だし、聖女候補に選ばれているくらいだから、未来の王妃にうってつけだ」

（お、王妃!?　今、王妃って言ったの!?　それって、この腹黒と私が結婚するってことぉおお!?）

泡を吹いて倒れてしまいたい気分になりながら、メアリーは微笑んだ。

「わ、私は本当の伯爵令嬢ではありません。殿下もご存じでしょう？」

ハロルドは、「それほど、重要なこととは思えないけど」と言いながらため息をつく。

「まぁ、メアリーが嫌なら仕方がないね」

その神々しいまでの微笑みを眺めながら、メアリーは『……そうだ、ドラゴン問題が解決したら一人で遠くへ旅に出よう』と現実逃避をした。

ハロルドの恐ろしい提案をなんとか笑顔で受け流して、ようやく部屋から出ると、廊下ではルーフォスが待ちかまえていた。

「お兄様？　あ、いえ……」

血の繋がりのないルーフォスのことを、これからも『お兄様』と呼んでいいのかためらっていると、ルーフォスは右手を伸ばしてメアリーの頭をポンポンとなでた。

「どういう事情があっても、俺たちが家族であることに変わりはない。お前は俺の、大切な妹だ」

「お兄様……」

不覚にも感動してしまった。

（今のルーフォスなら、たとえ王族の命令でも、私が『嫌だ』って言ったら、ハロルドとの結婚を断ってくれそう）

少し涙ぐみながら「はい」と答えると、ルーフォスは優しい笑みを浮かべた。そして、「メアリー。

家のことが落ちつくまで、俺はしばらく神殿を離れる。決して無理をするな」と心配げに声をかける。

「はい。お兄様もどうか無理なさらず」

ルーフォスと別れ、神殿の廊下を一人で歩いていると、後ろから声をかけられた。

ふり返ると、カルヴァンがこちらに駆け寄ってくるところだった。

「なんだかお久しぶりのような気がします」

そう伝えると、自然な動作で優しく抱きしめられた。気がつけばカルヴァンの腕の中にいる。

「殿下の命で、ノーヴァン伯爵家のことをいろいろ調べ回っていたんだ」

メアリーは、つい先ほどカルヴァンが『罪状はこちらに』とハロルドに紙の束を渡したことを思い出した。

「大変だったのですね」

「メアリー、もう兄とは呼んでくれないのか？」

「カルヴァンお兄様」

そう呼ぶと、カルヴァンが嬉しそうに微笑む。メアリーは右手を伸ばすと、背の高いカルヴァンの頭をなでた。

「お疲れさまです、お兄様」

ニコッと微笑みかけると、カルヴァンはメアリーの頭に軽くあごを置いてため息をついた。

「大丈夫ですか？　お兄様？」

「大丈夫だ。その……妹の可愛さに癒されているだけだから」

(妹ってそんなに可愛いものかしら?)

メアリーは、ふと『もし、ラナが私の妹だったら……』と考えた結果、『可愛いし、ものすごく癒されるわ!』と、カルヴァンの妹可愛い発言に深く共感した。

カルヴァンと別れ、自室に戻ると部屋の中にはエイベルがいた。

(どうして?)

人払いをしているようで、ラナやメイドたちの姿はない。

「え、エイベル様?」

なんの用事だろうと思って声をかけると、エイベルは急に距離を詰めて、ぎゅっとメアリーの手を握った。

「メアリー、本当に本当に大変だったんだね」

緑色の瞳が涙でうるみ、キラキラと輝いている。

「ただでさえ伯爵家でつらい目に遭っていたのに、まさか孤児院の出身で、しかも引き取ってくれた夫婦を殺されて、記憶の改ざんまでされていたなんて……」

ボロボロとエイベルの瞳から涙がこぼれおちる。

「メアリー、僕にできることがあったらなんでも言ってね。僕、メアリーが幸せになれるならなんでもするから!」

メアリーは『いや、もう本当に疲れたから、早く部屋から出ていってほしいです』とは言えず、静かにうなずいた。

「僕のことも、お兄様って呼んでいいよ！」

（どうして皆、お兄様って呼ばれたがるの？　この世界の男性は全員シスコンなの？）

エイベルが期待に満ちた瞳でこちらを見つめている。

（呼ばないと帰ってくれなそう……）

メアリーがあきらめて「エイベルお兄様」と呼ぶと、エイベルが嬉しそうに飛びついてきた。

「メアリー、すっごく可愛い！」

エイベルに抱きしめられながら、メアリーは『なんだか、乙女ゲーム的展開すぎて、胸やけがしてきたわ。悪女はやっぱりゲームの主人公には向かないのね。というか、私はなりたくない……』

と、こっそりため息をついた。

聖星祭《せいせい》の開始まであと四日。

第六章　聖女と聖騎士と伝説のドラゴン

次の日。メアリーは朝食を済ませると、居ても立っても居られず、自分からパティの部屋へ向かった。部屋の前で『早く来すぎたかしら？　迷惑だったらどうしよう？』としばらく悩んだ後、そっと扉をノックする。

部屋の中から「はいはーい」と明るい声がしてパティが顔を出した。

「あの、早く来てごめ……」

ごめんなさいと言う前に「来た来た、入って！」と腕を引かれた。

部屋に入ると、クリフとカイルがソファに座っていた。カイルは立ち上がると「メアリーさん、おはようございます！」と元気に挨拶してくる。

「今、クリフや姉ちゃんと、『もうそろそろ、メアリーさんを呼びに行こうか』って話していたところだったんです」

「そうなのね。カイルくん、ありがとう」

カイルは自分が座っていた席の隣を「どうぞ」と勧めてくれる。

パティが「皆、そろったね」と話を切り出した。

「メアリーが大神官にお願いしてくれたおかげで、聖星祭《せいせいさい》の最終日にドラゴンを復活させられそうだけど、問題は安全面よねぇ」

カイルが「そりゃそうだろ。ドラゴンが復活しても、神殿がぶっ壊されて、辺りが火の海になりましたーじゃ、大神官のじぃちゃんも腰抜かすだろうよ」とあきれている。

パティが「ねぇクリフ」と言いながら、隣に座っているクリフの肩に頭を寄せた。

「なんとかできない？」

クリフは嬉しそうに頬を赤く染めながら「できますよ」とパティにささやく。

「ドラゴンの死骸がある地下を中心に、結界を張りましょう。結界内なら、どれほど暴れても音や振動は外に漏れませんよ」

「そんなことできるの⁉　クリフ、すごい！」

感心するパティに、クリフは赤くなる。

メアリーは、そんな微笑ましい二人を見ながら口元をゆるませた。

(いいわぁ。こういう幸せカップルを見るの、好きだわぁ……)

カイルは、そんな幸せそうな二人にうんざりした様子で「はいはい」と言った。

「じゃあさ、姉ちゃん、アレはどうするんだよ？　なんか、ドラゴンの死骸の周りにある、瘴気《しょうき》みたいなの？」

「は？　なにそれ？」

「なにそれって、俺が見た時、ドラゴンの死骸の周りに、変な空気……毒霧みたいなのが漂ってて、近づけなかったぞ？」

「ええ、そうなの⁉　カイル、あんた、今頃そんな重要な情報を！」

「はぁ⁉　姉ちゃんはなんでも知ってるんじゃねぇのかよ⁉」

「私でも知らないことはあるの！」

パティに「メアリーは知ってた？」と聞かれて、首を左右にふった。

「あ、でも……」

「でも、なになに？」

「メアリーさん、なにかわかるんですか⁉」

パティとカイルがそう言ってこちらを見る。

「私、前からずっと聖騎士ってなんのためにいるのかなって思ってたの。聖騎士は魔を祓《はら》えるらしいんだけど、ルーフォスに聞いてみても、その魔がなんなのか、詳しいことは知らないって。もしかして、その瘴気《しょうき》を祓《はら》うために、聖騎士が存在しているんじゃない？」

クリフが「可能性はありますね」と答えて立ち上がった。パティが不思議そうな顔をする。

「クリフ、どこ行くの？」

「今から忍びこんで、その瘴気《しょうき》とやらを私の力で祓《はら》えるか、試してきます。もし、本当に聖騎士が瘴気《しょうき》を祓《はら》えるなら、『ドラゴンを復活させちゃおう作戦』には、他の聖騎士の協力が必要になるかもしれません。急いで確認しないと。カイルくん、案内をお願いしてもいいですか？」

カイルはうなずき立ち上がった。

慌ただしく出ていった二人を見送ると、パティと二人っきりになる。心配そうな顔の彼女に、メアリーは「大丈夫、うまくいくわ」と声をかけた。

「作戦のことは心配してないの。皆が協力してくれるから」

「じゃあ、パティはなにが心配なの？」

パティは少しうつむいて、下唇をかんだ。

「もうすぐ、聖星祭《せいせい》でしょ？　乙女ゲーム『聖なる乙女の祈り』では、聖星祭《せいせい》の後に聖女が決まってゲームは終わるよね」

「うん」

「もし、もしよ？　ゲームのストーリーが終わったら、クリフが我に返って、私のこと、どうでも良くなったら……」

パティの声は震えていた。

「クリフが、私のことを大切にしてくれているのが、ゲームの力のせいだったら……ねぇ、メアリー、私、どうしたらいいの？」

紫水晶のような美しい瞳に、今にもこぼれてしまいそうなほど、涙がいっぱい溜まっている。

「すごく、怖いわ……」

パティの白い頬を涙が伝っていく。

（絶対に大丈夫よ、とは言い切れない。でも……）

メアリーはパティの右手を力強く握りしめた。

「そんなの決まっているわ！　もしそうなったら、我に返ったクリフをまた攻略すればいいじゃない！　私たち、乙女ゲームプレイヤーの根性を見せつけてやるのよ！」

ボロボロとパティの瞳から涙があふれて落ちていく。

「うん……うん、そうだね！　絶対、絶対、また好きになってもらう！　私、クリフがヤンデレになろうが、監禁してこようが、全ての愛を受け止められる自信があるもの！」

「お、おう……そこまでの覚悟があったら、絶対、大丈夫だと思うわ！」

乙女ゲームにおいて攻略対象者がヤンデレになったり、監禁してきたりするのは、結構あるあるなので、パティの覚悟はそれほどおかしくはない。

（それくらいの覚悟がないと、乙女ゲームの攻略対象者を幸せにはできなそうだもんね……）

「その時は、私もサポートキャラとして、二人の愛を全力で応援するわ！」

「ありがとう、メアリー」

二人は固く握手を交わした。


聖星祭《せいせいさい》の開始まであと三日。

クリフとカイルは、昼頃になるとパティの部屋に戻ってきた。

「どうだった？」と駆け寄るパティに優しい笑みを浮かべながら、クリフは答えた。

「結論から言うと、メアリーさんの予想通りでしたよ。ドラゴンの周りに漂っていた瘴気《しょうき》を私が祓《はら》うことができました。ただ……」

「ただ？」

「その瘴気《しょうき》が、私には見えなかったんです」

カイルが「俺にはハッキリ見えるんだけどなぁ」と首をひねっている。そして、両手を広げながら、「クリフが近づいたら、こうババッと瘴気《しょうき》が左右に避けてたぜ」と身ぶり手ぶりで教えてくれた。

それを聞いたメアリーは、謎が解けたような気がした。

「歴代の聖女が身体に負担がかかっていたのは、もしかして瘴気《しょうき》が原因……？　瘴気《しょうき》ということは、聖騎士って、『理由はわからないけど聖騎士が神殿にいれば聖女が楽になるから』ってことで大昔に作られたシステムなんじゃないかしら」

パティが「なるほど。それなら、ゲーム内で聖騎士の役目がいまいちわからなかったのにも納得できるわ。今まで誰もわかってなかったんだもんね」と言いながら腕を組んだ。

「あと……その」

クリフは言いにくそうに言葉を濁《にご》した。パティに「どうしたの？」と聞かれて困った顔をしている。

「地下に下りた途端に、妙な気分になりました。鳥肌が立って、まるで恐ろしい怪物がすぐそばにいるような……」

「そりゃ、ドラゴンの死骸のそばだもんね。そういう気持ちにもなるんじゃない？」

「そうなのですが……この妙な感覚、前に一度だけ味わったことがあるんです」

クリフはそっとメアリーに視線を向けた。

「メアリーさんに初めてお会いした時、一瞬だけ、同じような不快感が湧いて……もちろん、すぐに消えたのですが」

メアリーの頭の中でパズルのピースがパチンとはまったような気がした。

「あー、あー……なるほど」

「どういうこと？」とパティは眉をひそめている。

「ほら、パティも前に言ってたじゃない？『メアリーにだけ異常に鬼畜な聖騎士たち』って」

「言ったけど……」

「これはルーフォスが言ってたんだけど、聖騎士に選ばれるには、『聖なる力が強いことと、攻撃手段を持っていること』が条件なんだって。それって、ようするにドラゴンの脅威からこの国を守るために生まれてきた人たちってことでしょ？」

「うん。そう、なるのかな」

「だから、聖騎士はこの国を守るために、ドラゴンの魂を持っている私を、無意識に警戒したんじゃない？　そして警戒した結果、ゲームでの悪女メアリーは敵だと認識されて、なにがなんでも排除したい対象になったってこと」

（道理でどのルートでも、悪女メアリーが殺されるわけだわ。クリフはよく見逃してくれたわね）

パティが「なるほど！」と言いながら手を叩いた。

「ということは、聖騎士たちが異常に警戒したのにもかかわらず、予想外にいい子で可愛くって、気がつけば特別になってて大切にしたくなってしまったのが、今の転生メアリーってこと？」

「……え？」

「だってそうでしょ？　初めは不快感にしろ、異常に気になる異性って、ちょっと間違えれば恋に繋がるじゃない」

「そうかな……？」

そう言われてみれば、そうなのかもしれない。

「確かに今では、気にかけて大切にしてもらっているような気がするわ。でも、誰とも恋は始まっていないけどね」

「へぇ、メアリーは誰とも付き合っていないのね」

パティがニヤニヤしながら「なに嬉しそうな顔してるの？」とカイルを小突いたので、「そんな顔してねぇ!!」と頬を赤くしながらカイルがキレた。

（カイルくんの私への誤解もちゃんととかないと。私はカイルくんの純粋な初恋にふさわしい女じゃないからね……）

パティたちに気づかれないように、メアリーはそっとため息をついた。パティが無邪気にクリフに抱きつく。

「じゃあさ、クリフがいたら、瘴気《しょうき》も問題ないってことだよね？」

「いえ、私は結界を張るので、そこまでは手が回りません」

「じゃあさ、他の聖騎士に手伝ってもらえるように、お願いしに行こっか」

パティの言葉を聞いて、クリフが不安そうな顔をした。

（そうだよね……愛しのパティが、他の男にお願いする姿なんて見たくないよね!? わかる、わかるわ！　あなたたちの愛を私は応援しているからね！）

メアリーはスッと右手を挙げると「その役目、私に任せて！」と力強く言った。

「でも、大神官の時もメアリーに頼っちゃったし、私もお願いするくらいできるよ？」

「パティ、お願いついでに結婚でも迫られたらどうするの!?」

「え？　まさか……」

「パティは魅力的なんだから！　自覚を持って！」

あまりの勢いに押されたのか、パティは「あ、うん……？」とうなずきながら引き下がった。

（よし！）

ホッとしたのも束の間、カイルが「だったら、俺がメアリーさんと一緒に行きます」と言い出した。「メアリーさんになにかあったら困るし……」と照れるように頬を指でかいている。

（そうね、カイルくんには媚《こ》びる私を見てもらって、早めに幻滅してもらったほうがお互いのためよね）

「わかったわ。一緒に行きましょう」

パァと笑顔になったカイルと一緒に、メアリーは部屋から出ていった。

神殿の廊下を歩きながら、これからのことを考える。

（ルーフォスは今、神殿にいない。エイベルやカルヴァンに声をかければ、ハロルドにも情報がいってしまう。だったら先に、直接ハロルドにお願いに行ったほうがいいわね）

神殿の秘密を話すことになるから、ハロルド的にも大歓迎だろう。通りすがりの神官にハロルドの居場所を聞くと、神殿の一室にいることを教えてくれた。

（王妃にって言われた件もあるから、本当は会いたくないけど……）

聖星祭《せいせい》まであと三日しかない。

（今は腹黒王子におびえて避けている場合じゃないわ。それに伝説の武器であるカイルくんが一緒だから、なにかあっても助けてくれるよね）

深呼吸をして扉をノックすると、カルヴァンが顔を出した。ハロルドが神殿に来る時は、毎回護衛として行動を共にしているらしい。

「メアリー？」

驚くカルヴァンに、「殿下に重要なお話があります」と伝えた。

カルヴァンがふり返ると、部屋の奥から「いいよ、入って」と声がかかる。カルヴァンがカイルに「君も入っていいが、殿下のそばには寄らず、扉付近で待つように」と指示をしている。

（パティの弟とはいえ、カルヴァンからしたらカイルはただの平民の子どもだもんね）

心配そうに「メアリーさん」とつぶやいたカイルに「大丈夫。そこで待ってて」とうなずき返す。

ハロルドは、書類整理でもしているのか、机に向かってなにかを書いていた。

「私は今、忙しいんだ。適当に話して」

「はい」

メアリーは深く頭を下げてから口を開いた。

「殿下は、この神殿の地下にドラゴンの死骸があることをご存じですか？」

せわしなく動いていたハロルドの腕がピタリと止まる。

「うん、知っているけど、それは一部の王族にだけ知らされる重大機密だ。どうして君が知っているのかな？」

（なんだ、ハロルドはドラゴンの死骸があることを知っていたのね）

そうとなれば話は早い。

「そのドラゴンの死骸、処分できそうです」

ハロルドが勢いよく顔を上げた。

「殿下、ドラゴンの死骸のせいで、聖女が必要になり、神殿の力は増すばかりです。いっそのこと、処分してしまいたくないですか？」

「メアリー、君にそれができるとでも？」

「はい、殿下のご協力さえあれば」

ハロルドは端正な顔に美しい笑みを浮かべた。

「話を聞こう。もし、つまらない内容だったら、君は牢獄行きだ」

『ドラゴンを復活させちゃおう作戦』を説明したメアリーは、牢獄に入れられることはなかった。

「なるほど。その瘴気《しょうき》とやらを祓《はら》うために、聖騎士の力を借りたいというわけだ」

「はい」

「兄のルーフォスにでもなく、エイベルにでもなく、私にそれを頼む理由はなに？」

(うーん、本当は他の人に頼んでもハロルドに情報が行ってしまうからだけど、ここは、ハロルドが喜ぶようなことを言っておいたほうがいいかもね)

「それは、ハロルド殿下がこの国の王になられる方だからです。ドラゴンの死骸がなくなれば、聖女もいらなくなり、神殿は力を失います。その後、この国を治めるのは殿下でしょう？　殿下の国を良くするためのことなので、ご協力いただけるかと思いましたが、違いますか？」

ハロルドはうつむくと肩を震わせた。なぜか笑っているようだ。

「君は私を喜ばせるのがうまい。そうだね、『私の国』をよくするためだ。メアリー、君の言う通りにしよう」

「ありがとうございます！」

メアリーが礼を言うと、ハロルドは机に頬杖を突いてニッコリと微笑んだ。

「やっぱり私は君がいいな。ねぇ、メアリー、私のものにならない？」

メアリーは優雅にスカートの裾《すそ》を持ち、深く頭を下げた。

「全ての国民は、殿下のものでございます」

「ああ、ふられてしまった。まぁいいか、君は十分すぎるほど、私の役に立っているからね。その作戦を成功させたら、仕方がないから君をあきらめてあげるよ」

メアリーは、ハロルドにあえてなにも言い返さず、再び深く頭を下げてから部屋を出た。

（ふぅ、私を王妃にすることをあきらめてくれて良かったわ）

それだけこの『ドラゴンを復活させちゃおう作戦』はハロルドにとって有益なことなのだろう。

メアリーがパティの部屋へ戻ろうと歩き出すと、カルヴァンが慌てて駆け寄ってきた。

「今の話、本気なのか？」

「はい、お兄様」

メアリーはカルヴァンの袖《そで》を少しつかむと、上目遣いで「ドラゴンの瘴気《しょうき》から、私を守ってくださいますか？」と聞いた。

「もちろんだ」と言いながら、カルヴァンはメアリーの額にキスをする。メアリーの視界のすみで、うつむくカイルが見えた。

カルヴァンに「嬉しいです」と微笑みかけてから、その場を後にした。カイルがうつむいたまま後をついてくる。メアリーが立ち止まると、カイルもピタリと足を止めた。

「……ごめんね、カイルくん」

「え？」

カイルが顔を上げた。綺麗な瞳がメアリーを不思議そうに見つめている。

「私、こんな風に、人に媚《こ》びて生きてきた女なの。ガッカリしたでしょ？」

「え？」

パチパチと瞬きしたカイルは、「媚《こ》びる？　え？　むしろ、かっけぇって思いましたけど」と言った。

「え？」

今度はメアリーが驚く番だった。

「だってメアリーさん、この国の王子とあんなに堂々と話して、自分の意見通して、マジですごくないですか⁉」

「え？」

メアリーを見つめる瞳に、キラキラしたものが混じっている。

「俺、メアリーさんを守りたいだなんて言ってた自分が恥ずかしくて……調子に乗ってました！これからは、尊敬を込めてメアリーさんのこと、姉様って呼ばせてください！」

（うーん……私の予想とはちがうけど、ピュアな少年の初恋が、尊敬に変わったんなら、それはそ

れで、もういっか）

メアリーは、もうややこしいことは、なにも気にしないことにした。

それから特に問題が起こることもなく、聖星祭《せいせい》の最終日に向けた作戦の準備は着々と進んでいた。

ハロルドが味方になってくれたことで、当日の神殿周辺の警護や人払いも全てハロルド側で引き受けてくれることになった。瘴気《しょうき》を祓《はら》う役目は、カルヴァンとエイベルが担ってくれるそうだ。

メアリーは自分の部屋のソファに座りながら、一つひとつ、指折り確認しはじめた。

（当日は、カイルがドラゴンの死骸まで案内してくれるって言ってるし、パティが地上に残って、国中の人が祈りを捧げるタイミングを教えてくれる。クリフが別行動で結界を張ってくれているから、その間に、私が癒しの力でドラゴンを復活させる）

全ての準備は整ったように思えた。

メアリーはお茶の準備を始めていたラナと、四人のメイドたちを呼び集めた。

「明日から聖星祭《せいせい》ね。このお祭りの三日間は、仕事はお休みにします。私も伯爵家に帰るわ。この部屋も閉めるから、あなたたちも自由に過ごしてね。絶対に神殿に近づいてはダメよ」

ラナとメイドたちは少し不思議そうに首をかしげたが、すぐに「はい、わかりました」と頭を下げた。

（伯爵家に帰るのは嘘だけどね。こう言っておけば、ラナたちが危ない目には遭わないでしょう）

明日はいよいよ聖星祭《せいせい》だ。

（気を引きしめないと……）

そんなことを考えていると、ラナがおずおずと右手を挙げた。

「メアリーお嬢様、皆で一緒にお祭りに行きませんか？」

「え？」

四人のメイドたちも「メアリー様とご一緒できたら光栄です」と瞳をキラキラと輝かせている。

「そうね……」

（作戦の決行は、お祭り三日目の最終日だし、それまで一人でピリピリしてても仕方ないか）

「わかったわ。皆で一緒に行きましょう」

メアリーが微笑むと、キャアと黄色い歓声が上がった。嬉しそうな彼女たちを見て、メアリーも少しだけお祭りが楽しみになった。

次の日、広場に鳴り響くファンファーレと共に、待ちに待った聖星祭《せいせいさい》が始まった。

広場を中心として、道の両脇いっぱいに出店が並び、多くの人がお祭りを楽しむために集まっている。

ラナもメイドたちも、色とりどりの可愛いワンピースを身にまとっている。メアリー自身もエイベルから贈られた服の中から、動きやすそうなワンピースを選んで着ていた。

彼女たちと一緒においしそうな香りが漂ってくる屋台をのぞいたり、アクセサリーが並ぶ出店を楽しんだりした。メガネをかけたメイドが、小さな星がついたブレスレットを手に取り「これ、可愛いわ。ねぇねぇ、ラナさんも見て」と嬉しそうに微笑む。

伯爵家にいた頃の彼女は、目がきつく吊り上がり、口元が歪んでいた。それが今は、とても穏やかな表情をしている。

(置かれた環境で、人って変わるわね……)

それこそ、顔つきや性格まで変わってしまう。メアリーをふり返ったラナが、「お嬢様、これ、皆おそろいで買いませんか？」と満面の笑みを浮かべた。

(あ、よく考えたら、私、お金を持っていないわ)

そのことを伝えると、ラナとメイドたちは顔を見合わせた後に、皆で出し合ってメアリーの分も買うことに決めた。

「そんな……悪いわ」

「いいんです！　私たち、お嬢様にお礼がしたいし、お嬢様とおそろいのものが欲しいんです！」

それでも遠慮していると、ラナが「こんな安物では、お礼にもなりませんけど……」と悲しい顔をしたので、メアリーは礼を言って慌てて受け取り腕につけた。

「私たち、皆、お嬢様に救われたんです。お嬢様、ありがとうございます」

なんだか心が温かくなって、くすぐったいような気分になる。

「私こそ、そばにいてくれてありがとう」

嘘偽りない言葉を伝えると、彼女たちは嬉しそうに頬を染めた。

(もし、これがゲームで、私が主人公だったら、今頃攻略対象者の誰かとラブラブデートしてるんだけどね……)

メアリーは自分の腕にある、おそろいのブレスレットを見た。

(私には、こっちのほうが合ってるみたい)


楽しい時間はあっという間に過ぎていった。

夕方になり、ラナやメイドたちと別れた。彼女たちは、それぞれ実家に帰ってゆっくり過ごすそうだ。

(さてと、私も神殿に帰りますか)

夕暮れの街は、お祭りのせいかどこか浮かれた空気に包まれている。

(この作戦が成功したら、私もやっと自由になれるのね)

死ぬ運命にあった悪女メアリーも、これでやっと幸せになれる。

(自由になったら、なにをしようかな? やりたいことが見つかるまで、しばらく一人で旅にでも出ようかしら)

もう神殿にも聖騎士にも腹黒ハロルドにも関わりたくない。

(でも、もし、このままずっとやりたいことが見つからなかったら、せっかく自由になってもなんだか寂しい人生ね)

小さくため息をつくと「あー! いた!」と声が聞こえた。声のするほうを見ると、目立つ赤い髪の青年が駆け寄ってくる。

「エイベル様」

「メアリー、捜したよ！」

額に汗をにじませたエイベルに言われて、メアリーは「すみません」と反射的に謝った。

「なにか問題があったのですか？」

「大問題だよ！」

エイベルがメアリーの手をつかむ。

「だって、メアリーとお祭りに行きたかったのに、どこにもいないんだもん！　ずっと捜してたんだから！」

「えっと？」

「早く行こう！」

エイベルに腕を引っぱられて、今来た道を戻っていく。

「え、エイベル様？　今からお祭りに行くのですか？」

聞いても質問の返事は返ってこず、代わりに「メアリー、お腹空いてない？」と聞いてくる。

「あ、はい。ご馳走してもらったので」

恥ずかしいがお金を持っていないので、ラナやメイドたちが食事もおごってくれた。

すると、エイベルはピタリと立ち止まる。

「おごってもらった？　誰に？　どうして？　そいつと二人でお祭りに行っていたの？」

急に怒り出したエイベルにメアリーは戸惑った。

「あの、エイベル様？」

「なんだよ!?」

「エイベル様にとって私は、なんなのでしょうか？」

「え？」

エイベルは大きく目を見開いた。

「な、なにって……もちろん、メアリーのことが、その、大好きだよ」

「それって、ペットを可愛がるとか、妹みたいな扱いでの好きですよね？」

念のため確認すると、予想外にエイベルの頬が赤く染まっていく。

（うそ、まさかエイベルって私のこと、女性として好きなの？）

侯爵令息のエイベルから正式に結婚を申し込まれたら、いくら伯爵家の娘でも簡単に断ることはできない。

（せっかく王妃にならなくて済んだのに、また自由じゃなくなっちゃう！　ど、どうする!?）

焦っていると、「メアリー、ここにいたのか」とカルヴァンが駆けてきた。

「か、カルヴァン様!?」

カルヴァンは「エイベルと一緒だったのか」と眉間にシワを寄せた。

「なんだよ、カルヴァン」

「エイベルに用はない。メアリー、少し話があるんだが」

「はぁ!?　メアリーは今、僕と話しているんだよ！」

にらみ合う二人の間には不穏な空気が漂っている。

（これってまさか、三角関係とかじゃないよね？　だってカルヴァンは私のこと、妹としか見ていないし……）

メアリーが恐る恐る「お兄様？」とカルヴァンに声をかけると、カルヴァンはそっとメアリーの唇に人差し指を当てた。

「あなたに『お兄様』と呼ばれるのは今日で終わりだ。メアリー、私は……」

甘くささやかれたところに、「メアリー姉様！」と元気な声がした。

見るとカイルが元気いっぱいに両手をふっている。

エイベルとカルヴァンは「姉様？　メアリーに弟はいないぞ？」と不思議そうにする。

こうして、なぜかこの場に集まってしまったエイベル、カルヴァン、カイルは、メアリーを取り囲み、互いを牽制するようににらみ合った。

（ま、まずいわ。生き残るためとはいえ、今まで媚《こ》びて散々利用してきたから、ムダに好感度が上がってしまったのね。ゲームなら逆ハーレムエンディングだけど、現実でこれは……男女関係のもつれで私が刺されるやつでは!?）

エイベルが「メアリー、僕と一緒に行くよね？」と甘え、カルヴァンが「メアリー、私と来てほしい」と手を伸ばす。

そして、カイルが明るく「メアリー姉様、一緒にお祭りに行きませんか？」と笑顔で誘ってくる。

（ひ、ひぃ）

誰を受け入れても、誰を断っても、とんでもないことになりそうだ。

（う、うう、もう、こうなったら仕方がないわ）

メアリーは儚げな表情を作り、悲しそうに両腕を胸に抱え込んだ。

「私は、今までメイドたちとお祭りに行っていました」

刺されないためにも、まず『他の男とお祭りに行っていませんよ』と、誤解はといておく。

「私は男性と二人きりで出かけることはできません」

エイベルが「どうして？」と聞いた。

「私は……大神官様の養女になって生涯、神殿に仕える身だからです！」

「え？」

驚き固まってしまったエイベル、カルヴァン、カイルを見て、メアリーは本気で涙を浮かべた。

（うう……ドラゴン問題を解決したら、自由になる予定だったのに……）

これ以上関係がもつれて刺されないためには、一度、神殿に逃げ込む方法しか思いつかない。

（ハロルドならなんとかしてくれそうだけど、ここでハロルドを頼ったら王妃まっしぐらだろうからそれだけは絶対にダメよ！　でも、私はあきらめないわ！　隙を見ていつか神殿からも逃げ出してやる！）

メアリーは、見る者の心を締めつけるような悲痛な表情で涙を流した。

第七章　聖女メアリーは幸せそうな人をたくさん見たい

　とうとう聖星祭《せいせい》の最終日を迎えた。

　早朝から、ハロルドの指揮のもと、神殿の周囲には騎士が配置された。名目上は祭の治安維持のためだ。

　人払いをしてガランとした神殿内で、パティがこちらに手をふる。

「メアリー、いよいよね」

　パティは「はいこれ」と言って、メアリーの手のひらに片方のイヤリングを置いた。

「このイヤリングは、通信ができる魔道具なの。前に私が迷子になっちゃった時に、クリフが作ってくれて。発信機にもなってるから、メアリーがどこにいてもわかるよ」

　パティの左耳には、同じデザインのイヤリングが輝いていた。

「クリフとおそろいなんだよね？　私が借りちゃっていいの？」

「もちろんいいよ。これで、メアリーがドラゴンを癒すタイミングを教えるね」

「わかったわ」

　メアリーはイヤリングを受け取り、右耳につけた。

「お祈りが始まる夜までまだ時間があるね」

そう言うパティに誘われて神殿内を散歩する。パティの首に見覚えのあるネックレスを見つけて、メアリーは口元をゆるめた。

「そのネックレス……」

ネックレスには小ぶりな水晶がついていて、中を覗くと惑星をぎゅっと詰めこんだような綺麗な模様が輝いている。これは、ゲームのクリフルートで、クリフと聖星祭《せいせい》に行くとプレゼントされるアイテムだ。

「クリフと順調そうね」

パティは頬を赤く染めてコクンとうなずく。その様子が可愛くて、メアリーはいろいろ聞いてみたくなった。

「どうだった？」

「どうって……」

「お祭り。楽しかった？」

パティは、照れながらクリフとのデートの話をしてくれる。

心ときめかせながら相槌《あいづち》を打っていると、楽しくて仕方ない。そして、メアリーは気がついた。

「わかった。私、人の恋バナを聞くのが好きなんだわ！」

「ええ？」

そう気がついてみれば、乙女ゲームも自分が恋愛を疑似体験するというより、主人公とお相手の恋愛を見て楽しんでいたような気がする。

「私、恋バナだけじゃなくて、幸せそうなカップルを見るのがすごく好きみたい」

パティは「変わった趣味だけど、すごくいいね」と笑ってくれた。

「今まで私、この世界で生き残ることに必死でやりたいことも思いつかなかったけど、一つでも好きなことがわかって良かったわ。ありがとう、パティ」

「こちらこそ、お話をたくさん聞いてくれてありがとう」

パティと話していると、時間を忘れてしまい、あっという間に日は暮れていった。

空が夕焼けに染まると、クリフがパティを迎えに来た。

「パティ、もうそろそろ行きましょう？」

そう言うクリフはどこか元気がないように見えた。不思議に思っていると、バチッと視線が合い、キッとにらみつけられる。

（私、前にもクリフににらまれたことがあるような……？　もしかして私、クリフに嫌われてる!?）

大好きなラブラブカップルの彼氏に嫌われているのはとても悲しい。

（でも、悪女メアリーは散々パティをイジメていたんだから、嫌われても仕方ないか。全部終わったら、クリフにもちゃんと謝ろう。謝って許してくれるといいんだけど）

太陽が沈み、空に星が見えはじめた頃、メアリーは神殿内の聖女像の前に立っていた。カルヴァンとエイベルが守るように両隣にいてくれる。カイルが「姉様、こっちです」と道案内をした。

カイルに導かれるままに、聖女像の下に隠されていた地下への階段を下りていく。

暗く長い通路を通ったその先には、見たこともない大きな生き物の死骸が横たわっていた。ところどころ腐敗し、黄ばんだ骨が見えている。黒く変色した一部は、ウロコのようにも見えた。

(これがドラゴンの死骸……)

目の前の光景はまるで映画でも観ているようで、まったく現実味がない。

メアリーは、聖騎士のカルヴァンとエイベルに守られながら、ドラゴンの死骸へ近づいていった。

不思議と腐臭はしなかった。

右耳のイヤリングからパティの声が聞こえた。

『大神官が広場に現れたわ。今、広場の鐘が鳴った。皆が一斉に祈りはじめたわ』

イヤリングの向こうから、鐘の音が聞こえてくる。

『メアリー、今よ』

「わかったわ」

右手を伸ばし、ゆっくりと死骸の一部に触れる。

途端になぜか涙があふれた。懐かしいような愛おしいような、不思議な気持ちでいっぱいになる。

(あなたに、私の癒しの力をあげる。もうこんな暗くて寂しいところにいるのはやめましょう)

メアリーが聖なる力を発動すると、温かい光が辺りを覆った。

光の中はまるで別世界のようで、ぼんやりと複数の女性の姿が見えた。優しい面影の彼女たちは、歴代の聖女だろうか。

(ここは、どこ？　ドラゴンはどうなったの？)

不思議に思っていると、急に誰ともわからない声が、メアリーの頭に響く。

『人は私を傷つけ、私は人を憎んだ。だが、何代にもわたり聖女と呼ばれる彼女たちに癒され続け、私の憎しみはいつしか薄れていった。もっと人を知りたいと思い、魂が抜け出てしまうほどに』

（ああ、そうだ、これはドラゴンだった時の声。ここにあるドラゴンの死骸は、人になる前の私の姿）

パティにもらった黄金の腕輪が輝き、熱を持っている。

メアリーを包んでいた光が一つに集まり、大きな塊になっていく。

『人はどうしてこんなにも愚かな生き物なのだろうか。短く儚い命を傷つけ、奪い合う』

光が収まると、そこには赤いウロコで覆われた巨大なドラゴンの姿があった。

（これが、神殿の地下に眠るドラゴン……）

ドラゴンの真っ青な瞳が、メアリーを静かに見つめている。

『メアリー、君を通して、私はずっと人の世を見てきたよ。君を利用としようとした人を、傷つけた人を、たくさん見てきた。可哀想なメアリー。人の世でたくさん傷ついたね』

ドラゴンがいたわるように大きな顔を寄せてきた。メアリーはその顔にそっと触れる。

「私は……」

今までのつらかったことが走馬灯のように頭を巡った。

「わ、私は……」

『わかっているよ、メアリー』

急にドラゴンが黒い霧に包まれた。

(なにこれ?)

まとわりつくような重い空気に、息が苦しくなる。

(もしかして、これが地下に溜まった見えない瘴気《しょうき》!?)

瘴気《しょうき》に包まれたドラゴンのウロコがどす黒く染まっていく。首まで黒く染まったドラゴンの低く冷たい声が辺りに響いた。

『さぁ、愚かな人の世など、共に滅ぼしてしまおう』

全てが黒く染まったドラゴンの瞳から知性の光が消えた。

ヴォォオオオオオオオオ!

獣のような咆哮と共に、光の空間が消え去る。

気がつけば、メアリーは漆黒のドラゴンの大きな左手に握られていた。足下では、カルヴァンやエイベル、カイルが剣を構えてドラゴンと対峙している。

「メアリーを放せ!」

切りかかったエイベルは、ドラゴンの翼の羽ばたきで吹き飛んでいく。ドラゴンがさらに羽ばたき続けると周囲に風が巻き起こり、次第に竜巻のように荒れ狂っていく。

「な、なにをするつもりなの!?」

竜巻により地下の天井は崩れ落ち、神殿の内部が見えた。

ドラゴンが地を蹴ると、まるで重力がなくなったかのように、フワリと身体が宙に浮く。

飛び立ったドラゴンは、神殿の内部を咆哮一つで破壊した。神殿の天井が崩れ、頭上には綺麗な夜空が広がっている。

羽ばたきながら空中で静止したドラゴンは、明るく光る場所を見つけた。それはたくさんの人々が集まり、祈りを捧げている大広場だった。

「だ、だめ、いやっ！」

メアリーの声が届いていないのか、ドラゴンは光のほうに向けて大きく息を吸った。

「やめてぇええええ！」

ドラゴンの口から放たれた衝撃波は街へは届かず、空中で見えない壁に阻《はば》まれ霧散する。

イヤリングからパティの声がした。

『メアリー、大丈夫!?』

「ぱ、パティ……ど、どうしよう、わ、私……し、失敗しちゃった」

『落ちついて！　神殿の周りにはクリフが結界を張っているから、街への被害は出ないわ。神殿の人たちにも事前に避難してもらっているでしょう？　ドラゴンを復活させちゃおう作戦は、メアリーのおかげで大成功ね！　だから、今から皆でドラゴンを説得しましょう！』

パティの落ちついた力強い声で、メアリーは冷静さを取り戻した。

（そうだ、説得！　話を聞いてもらわないと！）

自分を握りしめているドラゴンの指を思いっきりガンガンと叩く。

こちらに気がついたドラゴンは『グルルルル』と獣のような唸り声を上げた。

（話せなくなってる⁉　きっとさっきの瘴気《しょうき》のせいでおかしくなっているんだわ！　瘴気《しょうき》を祓《はら》えるのは……そうだ、聖騎士‼）

メアリーは必死にドラゴンに向かって叫んだ。

「上空は寒いわ！　このままじゃ、私は死んでしまう！　お願いだから下に降りて、ね？」

返事はなかったが、ドラゴンは荒い息を吐きながら、ゆっくりと下降して地に足をつけた。巨大なドラゴンの重みで、辺りにズシンと振動が走る。メアリーは急いでイヤリングに触れた。

「パティ、聞こえる？」

『聞こえているわ！』

「ドラゴンは瘴気《しょうき》に包まれておかしくなっているの！　このままじゃ説得ができない！　瘴気《しょうき》を祓《はら》えるのは……」

『聖騎士ね！　わかった、クリフの魔法で聖騎士に伝えてもらうわ！』

いつの間にか、ドラゴンの周りを兵士たちが取り囲んでいた。兵を指揮しているのはハロルドだ。その隣にはなぜかルーフォスの姿もある。

「殿下！　お、お兄様⁉」

メアリーが叫ぶと、ルーフォスはドラゴンに剣を突きつけながら怒鳴った。

「メアリー！　どうしてこんな重要なことを俺に相談しない⁉」

「す、すみません！　お兄様はお忙しいかと！」

「こんの、バカ妹！　もういい、この話は全てが終わってからだ！」

ルーフォスは、兵士たちに「弓矢は使うな！　メアリーにかすり傷一つでもついたら殺すぞ！」と叫んでいる。

ハロルドが「縄か鎖だね、ドラゴンの翼を狙って投げて動きを封じよう」と淡々と告げる。

「はい、殿下！　縄か鎖を持て！」

兵士を指揮するルーフォスを横目に、ハロルドはフードをかぶっている人たちに目を向けた。

「そういうわけだ。魔導士たちは、ドラゴンの足を狙って魔法で動きを止めてほしい」

フードの集団はうなずき、それぞれに散っていく。

兵士と魔導士たちがドラゴンを取り囲んだその時、ドラゴンが大きく息を吸い込んだ。メアリーの瞳に、鋭い牙の奥で炎が渦巻く様子が映る。

「ドラゴンが、ほ、炎を吐くつもりです！　早く逃げて！」

メアリーの叫び声と共に、ドラゴンは兵士たちに向かって炎を吐き出した。

「いやぁああ！」

炎が兵士を包み込む前に、なぜかパカリと半分に割れた。

割れた炎の先で、美少女のような少年が剣を構えて立っている。

「……え？」

「か、カイルくん!?」

「メアリー姉様、今、助けますから！」

切りかかったカイルの剣がドラゴンの足先に当たると、ドラゴンは大きくのけぞった。その瞬間に左右からカルヴァンとエイベルがドラゴンの腕に切りかかる。

切られた箇所から黒い煙が上がり、元の赤いウロコが見えた。

「これだわ！　聖騎士が切りかかり、ドラゴンの身体にまとわりついた瘴気《しょうき》を祓《はら》ってください！　瘴気《しょうき》さえ祓《はら》えば、ドラゴンと話ができます！」

メアリーが力いっぱい叫ぶと、聖騎士の四人はそれぞれにうなずいた。瘴気《しょうき》を祓《はら》えないカイルは、「俺が囮になります！」と真正面から切りかかる。

兵士たちも鎖を投げかけ、魔導士たちも足止めの詠唱を始めた。

少しずつ、ドラゴンが元の赤い色へ戻っていく。

『ヴ、ぐ、なぜだ？　メアリー……』

ドラゴンの声が辺りに響いた。

『あれほど、ひどい目に遭ったのに、どうして、愚かな人の肩を持つ？』

「あなたの言う通り、今まで嫌なこと、つらいことがたくさんあったわ。ひどい人はたくさんいたし、苦しいこともたくさんあった。でも……」

エイベルがドラゴンの黒い瘴気《しょうき》を祓《はら》いながら叫んだ。

「メアリーがつまらない僕の日常を変えてくれた！」

カルヴァンがドラゴンの吐き出した炎を避けながら叫んだ。

「メアリーに出会って、私はもう一度、人を愛してみようと思えた！」

ルーフォスがドラゴンの腹の辺りに深く切り込んだ。

「俺は罪を犯した！　だがメアリーはそれを全て許し、これからの幸せを考えようと言ってくれた！」

ハロルドはあくまで優雅に剣をふるい、ドラゴンの首元の瘴気《しょうき》を切り祓《はら》った。

「状況が変われば人も変わる。死にもの狂いで生きるのも、そんなに悪いことではないよ」

パチンとアイドルのようなウィンクをされて、メアリーは涙を浮かべて微笑んだ。

「そう……嫌なことと同じくらい、嬉しいことも楽しいこともあったし、優しい人も温かい人もいたわ。人は変われる。努力できる。なにかを学んで、前に進んでいける」

全ての瘴気《しょうき》が祓《はら》われたドラゴンの身体は光に包まれた。

ドラゴンの手から落ちたメアリーをカルヴァンがすばやく抱き止める。

「大丈夫か!?」

「はい」

光は徐々に小さくなり、人のかたちを作り出す。

光の中に一人の男性が浮かび上がった。澄んだ湖のように青く鋭い瞳が、メアリーを見つめている。

燃えるように真っ赤な髪は長く、地面まで伸びていた。男性はこの世のものとは思えないほど冷たい美貌で、着物のような黒い服を気だるげに身にまとっている。

『メアリー、愛おしい私の半身』

低く落ちついた声で名前を呼ばれると、メアリーの身体がフワリと浮かび、人型ドラゴンの両腕へ吸い寄せられていった。

メアリーを抱きしめる彼の手の甲には、赤いウロコがついている。

『今まで君を一人だけで苦しませてしまった』

人型ドラゴンの手が、そっとメアリーの頬に触れた。その手はひんやりして心地好い。

『これからは、私があなたのそばにずっといよう。全ての厄災からあなたを守ろう。愛する私の半身よ。人の世など捨てて、私と共に幸せになろう』

(全てから守ってもらって、ずっと誰かを頼って生きていく……それって、本当に幸せなの？)

『私を選ぶのだ、メアリー』

メアリーが答える前に、ゆっくりと人型ドラゴンの美しい顔が近づいてくる。

「ま、待って！　私は誰も選ばないわ！　私を幸せにできるのは私だけよ！」

思わずギュッと目をつむった瞬間に、「姉様、危ない！」というカイルの声が聞こえ、人型ドラゴンの胴体が真っ二つになった。

「きゃあああああ!?」

メアリーの悲鳴と同時に周囲が光に包まれ、目を開くと、メアリーの右手に小さなトカゲが乗っていた。目が覚めるほど綺麗な真紅のトカゲは、真ん丸な青い瞳をこちらに向けて、チロチロと紫色の舌を出した。

(わ、私の半身が、こんなに可愛いトカゲの姿になっちゃった……)

すぐそばで、兵士たちがカイルを絶賛している。

「よくやった！」

カイルは「メアリー姉様を守るのは俺の使命ですから！」と自慢げに胸を張っている。

「はぁ……もうめちゃくちゃだわ」

この瞬間、長らくこの国を蝕《むしば》んできたドラゴンの死骸は、この世から消え去った。

イヤリングからパティの明るい声が聞こえてくる。

『やったね、メアリー！　やっぱりあなたは最高よ！　もう大好き！』

「ありがとう、パティ。私も大好きよ」

『これで私たち、ハッピーエンドね』

そう、それはとてもよくできたハッピーエンド。

……のはずだった。

次の瞬間、目の前が真っ白になったかと思うと、メアリーは両手両足を鎖に繋がれていた。窓もなく、閉め切った部屋の中にはかびた臭いが漂っている。ゆらゆらと一本のロウソクが頼りなさげに揺れていた。

（ここは、どこ？）

メアリーの右肩に赤いトカゲがいるので、今までのことが全て夢だったというわけではないようだ。

「お目覚めですか？」

フードを深くかぶった若い男が声をかけてきた。その声には聞き覚えがある。

「……クリフ」

名前を呼ぶと、クリフはフフッと笑った。

「せっかく顔を隠しているのに、正体がバレてしまいましたね」

フードを外した男は、確かにクリフだった。

「ここは？」

「神殿の地下にある古びた牢獄ですよ」

「どうして……？」

クリフはナイフを手に取った。

「どうしてって、あなたが目障りだからですよ。メアリーさん」

一歩、クリフが近づいてくる。

「転生者かなんだか知りませんが、私のパティに馴れ馴れしい。まぁ、私もあなたの力を利用して、パティのためにこの国の聖女制度をなくしたかったので、今までは見逃していましたが。それも今日で終わりです」

クリフがまた一歩、距離を詰める。

「パティは、私のものです。ずっと私だけを愛して、私だけに微笑みかけてくれればいい」

ロウソクの明かりに照らされたクリフの瞳は、今にも泣き出しそうに見えた。

「彼女に愛してもらうのは大変だったんです。私には、彼女がこの世界の者ではないとすぐにわかりました。初めはただの興味本位だったんです。偶然を装って彼女と街で出会った。でも、私はすぐに彼女に夢中になった」

もうすぐそばまでクリフが近づいてきている。

「強大な魔力を持って生まれ、なにもかもが思いどおりになる。このつまらない世界で、彼女だけが私を驚かせ、喜ばせることができるんです。彼女から『この世界はゲームとそっくりだ』と聞いてからは、彼女が書き留めたノートを盗み見て、恋愛イベントとやらを完璧に再現しました。そこまでして、ようやく私は彼女に愛してもらえたのに……」

クリフの頬を涙が伝っていく。

「あなたが、パティの書いたノートのゲームシナリオの通り、修道院に行ってくれれば、私は自分の手を汚さずに、パティに優しい人だと思われたまま、あなたをこの世から消してしまえたのに……」

(それって、ゲームでのクリフルートでの話？　メアリーが修道院に行く途中で盗賊に襲われて死んだのは、クリフがメアリーを殺すために仕組んだってこと!?)

「あなたは、ずるい。パティと出会った瞬間から、あなたは彼女の特別でした。ずるいずるいずるい……憎い」

(どうしよう……ものすごく危機的状況なのに、病むほどパティを想っているクリフの愛に、ちょっと感動してしまっている自分がいる！)

パティにもらったイヤリング型通信機は、今もメアリーの耳についている。そのためこの会話は、パティに筒抜けだ。パティによれば『発信機にもなっている』とのことなので、メアリーの場所もバレているはずだった。

クリフがナイフを持つ手をふり上げた。

その瞬間『クリフのバカぁあああ！』という叫び声が響く。

バンッと音がして、背後の扉が蹴破られた。ルーフォスとエイベル、カイルが「大丈夫か!?」

「メアリー！」「姉様！」と叫びながら駆け寄ってくる。

ルーフォスが「急に光に包まれたと思ったら、メアリーもドラゴンも消えていて驚いたぞ」と言いながら、繋がれていた鎖に剣を突き立てて切ってくれた。

「大丈夫？」

エイベルが手を引き、立たせてくれる。

カイルは「クリフ、どうしてこんなことを……」と呆然とした様子でつぶやいた。

メアリーの視線の先には下唇を噛みしめたパティと、ナイフを落としたクリフが立っている。

「クリフ……」

パティが呼ぶと、クリフはかすれた声で「パティ」と小さくつぶやいた。パティはそっとクリフに近づくと、ぎゅっと抱きしめた。

「ごめんね、不安にさせて。ごめんね、苦しかったよね。ごめん」

クリフの顔がなにかをこらえるように歪む。

「私ね、前世では、誰も私の話なんて真面目に聞いてくれなかったの。家族にも友達にも、皆にバカだって言われて、いっつも笑われてた。クリフだけなの、クリフだけが私の話をちゃんと聞いて、理解して、認めて褒めてくれた。私にはクリフしかいないの。愛してる、私、クリフじゃないとダメなの」

パティは涙でぐしゃぐしゃになった顔で、クリフを見つめた。

「でも、不安だよね？　信用できないよね？　私だって、もしクリフがギャルゲーの主人公だったら、誰かに取られるんじゃないかって、ずっと不安になると思う。ねぇ、クリフ、このまま無人島にでも行こう？　ずっと二人だけで暮らそう？」

クリフが震えながらパティを抱きしめた。

「……ごめん、パティ。本当はわかってたんだ。けど、どうしようもなく不安で……君が、あまりにメアリーさんと楽しそうにしているから……」

「ごめん、ごめんね」

二人の感動的な抱擁を見ながら、メアリーは号泣していた。エイベルが「いや、これ、犯罪だろ⁉」と叫んだので、その口を手でふさぐ。

「しっ！　今、いいところだから！」

ルーフォスが「クリフを捕まえなくていいのか？」と聞いてきた。

「もうお兄様ったら、いいに決まってるじゃないですか！　さ、早く邪魔者は消えましょう」

パティとクリフの邪魔をしないように、そっと四人で横を通りすぎる。ふと、パティと目が合った。彼女はなにも言わなかったが、『ごめんね、メアリー』という顔をしていた。

メアリーは『いいの、大丈夫』という意味を込めてうなずいた。

閉じこめられていた部屋から出ると、エイベルが不満そうに口をとがらせた。

「メアリー、クリフを捕まえるべきだよ」

「彼は本気じゃありませんでした。本気だったら、魔導士のクリフがナイフなんて持ちません。それに私にはクリフがかけてくれた防御魔法がかかっているもの。クリフもわかっていてナイフを握ったのでしょう。そもそも、本気で私を殺すつもりなら、こんなすぐたどりつけるところに私を閉じこめたりしませんから」

（クリフは、私のイヤリングにも気がついていたんじゃないかな？　パティに見つけてほしかったんだよね。そして、私より自分を選んでほしいと願った）

「クリフのやつ、どうしてこんなことを……。俺、納得できません……」

悲しそうにうつむくカイルに優しく微笑みかけると、メアリーの胸元から真っ赤な小さいトカゲが顔を出した。

「生きるって難しいね」


地下から外に出ると、ハロルドが待ちかまえていた。その隣にはカルヴァン、そしてその後ろには、ドラゴンと戦った兵士たちがズラッと並んでいる。

「メアリー、人型ドラゴンはどうなった？」

ハロルドは、メアリーが急にいなくなったのはドラゴンのせいだと思っているようだ。メアリーは胸元の小さなトカゲを指さした。

「そのトカゲは？」

「復活したドラゴンです。害はありません」

チロチロと紫色の舌を出すトカゲを見て、ハロルドはなんとも言えない顔をした。しかし、すぐに気持ちを切り替えて、兵士たちをふり返った。

「ドラゴン討伐は成功した！」

『オオオオオオッ』と騎士たちから歓声が上がる。

（これからこの国はどうなっていくんだろう？）

もうこの国には聖女も聖騎士も必要なくなってしまった。

きっと、数十年後には聖女も聖騎士も、物語の中にしか登場しなくなるのかもしれない。

「いい国になるといいね」

『そうだね』とでも答えるように、赤いトカゲが瞬きをした。


こうして、聖星祭《せいせいさい》は無事に終わり、この国を脅かすドラゴンの死骸はなくなった。

ただし、神殿は半壊し、修復には長い時間がかかるだろう。

あの日から、パティとクリフの姿を見た人はいない。

ただ、二人はどこかで必ず幸せになっているとメアリーにはわかっていた。

（パティ。私たち、いつかきっと、また会えるよね）

残された聖女候補のメアリーは、大神官の養女となり、正式にこの国の聖女に選ばれた。

メアリーのそばには、いつもラナと四人のメイドが熱心に仕えている。カイルも護衛としてメアリーのもとに残った。

それからしばらくして、ルーフォスが神殿にあるメアリーの部屋を訪ねてきた。

「お久しぶりですね、お兄様」

声をかけると、とても不機嫌そうな声が返ってくる。

「全てが落ちついた今だからこそもう一度言うぞ！　どうしてドラゴンのことを俺に相談してくれなかった？　俺も聖騎士だし、なにより、お前の兄なんだぞ！」

「それは……」

（あの時、お兄様が伯爵家のことで忙しそうだったからだけど……）

それを素直に言えば、ルーフォスは怒って暴れそうだ。メアリーは儚げに見えるようにうつむくと、自分の両手を胸の前で組んだ。

「お兄様に迷惑をかけたくなかったんです……だって、お兄様にはこれからもたくさんお世話になるんですもの。私が大神官様の養女になっても、ずっとお兄様の妹ですよね？」

不安げな顔で見上げると、ルーフォスは「当たり前だ！　なんでも俺に相談しろ！」と強い口調で返事をした。

「ではさっそくですが、各地にある教会を利用して学校を作りたいんです」

「学校って……メアリー、ハロルド殿下からの褒美も『学園が欲しい』って言ってなかったか？」

「殿下にお願いしたのは、王族や貴族、そして、優秀な者だけが通える特別な学園です。そうではなく、今、私が言っているのは庶民が通うための学校のことです」

「どうして急に学校なんだ？」

「それは……いろいろ理由がありますが……」

メアリーは真摯な瞳をルーフォスに向けた。

「学校が一番、自然に恋愛に発展しやすいと思うんです！　私は自由に恋愛して幸せに暮らす人たちを見るのが大好きなのです！」

ポカンと口を開けたルーフォスにメアリーは力強く言い放つ。

「それに、乙女ゲーム『聖なる乙女の祈り』の第二弾は、死人が出ない平和な学園ものを希望します！　だから、この国には、早急に学園が必要なのです！」

「俺にはよくわからないが……。『なにもやりたいことがない』と言っていたメアリーが楽しそうで良かった」

ルーフォスは、どこかあきれたような雰囲気だったが、とても優しい笑みを浮かべた。

こうして各地に学校を作ったメアリーは、今まで培った人脈と、人心掌握術を大いに活用して、この国の学力向上に多大な貢献をすることになる。

人々は、この国の最後の聖女メアリーの功績を、敬愛を込めて末永く語り継いでいくのだった。

終章　聖女としての日々

あっという間に三年の月日が過ぎた。

聖女メアリーの部屋で、いつものようにラナがお茶を淹《い》れる。

とてもおいしいラナのお茶を楽しみながら、メアリーはラナの恋バナを聞く。

（ああ、私の至福の時）

出会った頃から可愛かったラナは、三年が経ち美しく成長していた。そして、美しさの中に愛らしい無邪気さを持っていて、とても魅力的だ。

（ふふ、本人は気がついていないけど、ラナはすごくモテるからね）

そんなラナは、最近、神殿の警護をしている騎士ルークのことが気になっているらしい。

「ルークとはどうなの？」

そう聞くと、ラナはため息をついた。

「それが、ルークは私にぜんぜん興味ないみたいです。話しかけても、いつも、そっけないし……」

そのルークとラナが一緒にいるところを、メアリーは偶然見かけたことがあるのだが、どう見てもルークはラナに惚れていた。ただ、女性に慣れていないのか、ラナの言う通り、そっけない態度を取ってしまうようだ。

ラナと別れた後、ルークが一人で頭を抱えながら「ああっ、しっかりしろ俺！」と赤面していたので間違いない。

(最高に推《お》せるわ、このカップル)

もうニヤニヤが止まらない。

そんなことを思っていると、メアリーの肩で昼寝をしていたトカゲドラゴンが目を覚まし、スルスルとメアリーの左腕まで下りてきた。

『メアリー、緊急用の転送魔法陣が起動した』

「あら、それは大変」

トカゲドラゴンの声はメアリーにしか聞こえないので、ラナは不思議そうに首をかしげた。

「神殿の転送魔法陣が開いたみたい」

ラナは慌てて立ち上がる。ラナと二人で転送魔法陣が描かれている部屋に駆けこむと、そこではすでに神官とシスターが慌ただしくしていた。メアリーに気がついた神官が「今、お迎えに上がろうかと！」と叫ぶ。

青白く輝く魔法陣の中心には、二人の少女がいた。一人は床に倒れてぐったりしていて、そのそばでもう一人の少女が泣きじゃくっている。

「おねえちゃん！　死なないで、おねえちゃん！」

メアリーが少女たちに駆け寄ると、泣きじゃくる少女はかばうように、姉に覆いかぶさる。

「い、いや！　ごめんなさい、たすけて！」

少女の腕にはひどいアザがたくさん見えた。傷ついた少女たちが、過去のメアリーの姿と重なる。

「今まで頑張ったわね」

メアリーはそっと少女たちに触れると、聖なる力で少女たちの傷を治した。床に倒れて「ひゅー、ひゅー」と苦しそうな息を吐いていた少女が穏やかな呼吸へ変わっていく。

「あなたもお姉さんも、もう大丈夫よ」

妹が「本当に？」と聞いてきた。メアリーは「本当よ」と言いながら二人をそっと抱きしめた。

少女たちの治療を終えると、あとのことは神官とシスターに任せた。

メアリーが「カイルくんはどこ？」と聞くと、ラナが「少女たちが現れた瞬間に、転送魔法陣を使って犯人を捕らえに行ったそうです」と答える。

「そう、なら大丈夫ね」

今のこの国では、子どもに危害を加える者は厳しく処罰される。

（それでも犯罪はなくならないけどね）

メアリーは国中にある教会を利用して学校を作った。そして、その教会兼学校の全てに転送魔法陣を設置した。

教会や学校では子どもたちに「危ない目に遭った時、怖い目や痛い目に遭った時は、迷わず転送魔法陣で逃げなさい」と教えている。そして、その転送魔法陣を使って逃げる先は、メアリーがいる神殿だ。

ここでは保護した人たちを治療し、希望があれば神殿で働いてもらっている。もし勉強がしたければ、学校に行けるように支援もしている。

メアリーがため息をつくと、肩の上のトカゲドラゴンがチロチロと紫い舌を出す。

『人は相変わらず愚かだな』

この三年でわずかに力を取り戻したドラゴンは、メアリーと意思疎通ができるようになり、数分くらいなら人型に変化することもできる。

メアリーは指でトカゲドラゴンの頭を優しくなでた。

「そうね、でも……」

三年前までは、この国では子どもは親の所有物とされ、子どもを守る法律すらなかった。

しかし、ハロルドやエイベル、ルーフォスが働きかけ、法律を変えてくれた。

カルヴァンの働きで国の犯罪件数も三年前より大幅に減少している。

そして、クリフがいなくなる前に残していってくれた、『やられたことを、そのままやり返す魔道具』も犯罪の抑制に役立っていた。

「愚かでも、やっぱりいいほうに変わって、少しずつ前には進んでいるわ」

トカゲドラゴンが『いつになったらここから逃げるんだ？』と聞いてくる。

「それだけど、私、やってみたら意外と聖女が性に合っていたみたいなのよね」

聖女になってからは、毎日が充実している。

ラナに「お部屋に戻りますか？」と聞かれたので、「そうね」と答えた。ラナと一緒に廊下を歩いていると、メガネのメイドが慌てて駆けてくる。

「メアリー様、お客様がいらっしゃっています」

いつも落ちついているメイドがこんなにも慌てる客とは誰だろうと不思議に思いながら室内に入ると、そこには懐かしい顔があった。

「メアリー……」

そう呼びかけてくるのは、上品なアッシュピンクの髪を持つ美しい女性だ。

「パティ、なの？」

パティはうなずくと、涙を浮かべて微笑んだ。その隣には、相変わらず黒いフードをかぶったクリフの姿もある。

「二人とも……どうして、ここに？」

『ドラゴンを復活させちゃおう作戦』の後、姿を消した二人は、この三年間行方が知れず音信不通だった。

パティとクリフは、お互いに顔を見合わせてうなずく。口を開いたのはクリフだった。

「メアリーさん。三年前のあの日、あなたを危険な目に遭わせてしまい、本当に申し訳ありませんでした」

深く頭を下げたクリフの横で、パティも頭を下げた。

「あの時、私たちを捕えず見逃してくれて本当にありがとう」

「そんなっ、二人とも顔を上げて！」

ためらいながら顔を上げた二人に、メアリーは微笑みかけた。

「気にしないで。また会えて嬉しいわ」

パティは「ありがとう」と言いながら手の甲で涙をぬぐう。

「私たち、あれから大陸中を二人で旅していたの。とても楽しかったけど、どうしてもメアリーに謝りたくって」

「パティ……」

いつまでも申し訳なさそうにしている二人を見てメアリーは考えた。

「だったら、これから、あなたたちに罰を与えるわ」

（きっと、そのほうがお互いスッキリするわよね）

パティもクリフも異論はないようで、メアリーの言葉を待っている。

「クリフは、私が運営している学園の教師として働くこと。そして、パティには学園の運営を私の代わりに任せるわ」

「……え？」

驚くパティに「聖女って意外と忙しいのよ。あ、もちろん、学園は時々のぞきに行くわ。幸せカップルを探しにね」と笑いかける。

「でも……」

「それは……」

なかなか納得しない二人に、「ああもう！　悪いことしたんだから、私の言う通りに働きなさい！」と命令すると、ようやくうなずいてくれた。

（よしよし、いい人材が手に入ったわ。あの天才魔導士クリフが教壇に立つなんて、生徒がたくさん押し寄せてくるわね。それに天才パティが学園を運営したらどうなるかも、すっごく楽しみ！）

メアリーが一人でニヤニヤしていると、パティはクスッと笑った。

「メアリーが楽しそうで、安心したわ」

「そうなの。予想外に聖女が私に合っていたのよ。今、とっても楽しいわ。これからよろしくね、パティ、クリフ」

メアリーはパティ、クリフの順に固く握手を交わした。

それからは、お茶を飲みながら、この三年のことを話した。途中から、犯人を捕まえて戻ってきたカイルも合流して、久しぶりに四人で集まることになった。

時間が経つのはあっという間で、別れを惜しみながらも夕方には二人と別れた。

メアリーは二人を神殿の入り口まで送り、仲良く手を繋ぎながら帰っていくパティとクリフの後ろ姿を、カイルと並んで眺めていた。

カイルがため息をつきながら、「相変わらずのバカップルでしたね」と苦笑するので、メアリーは「そうね、素敵だわ」と微笑み返す。

「メアリーさん。姉ちゃんとクリフを許してくれて、ありがとうございます」

そう言って頭を下げるカイルは、三年前より背丈が伸びて、メアリーと同じくらいになっていた。

いつの間にか『メアリー姉様』とは呼んでくれなくなっている。

「こうして改めて見ると、やっぱりカイルくんとパティって似ているわね」

カイルは、不満そうな顔をする。

「これでも、俺、だいぶ男らしくなったつもりなんですけど？」

カイルがずっとそばにいてメアリーを護衛してくれるおかげで、メアリーは自由にどこへでも行けた。

「カイルくん、いつもありがとう。でも、たまには護衛を休んでゆっくりしてくれていいからね？」

「俺は、好きでメアリーさんのそばにいるんで」

メアリーが微笑みながら「そう？　頼りにしているわ」と伝えると、カイルの顔は赤く染まる。

カイルが横を向きながら、「くっそ！　来年には、ぜってぇメアリーさんの身長を追い越して、俺を男として見てもらう！」と、ブツブツ言っている。

メアリーは、いつものように聞こえないふりをした。

カイルと別れて自室に戻る途中の廊下で、ラナが駆け寄ってきた。

「お嬢様、いつものお客様がお待ちです。今日は四人いらっしゃっていますよ。全て別のお部屋にご案内いたしました！」

その言葉を聞いて、メアリーは「相変わらずこりない人たちね」とため息をついた。

この時間帯になると一通り仕事が終わるのか、こりない人たちがメアリーを訪ねてくる。

メアリーが自室に入ると、兄のルーフォスがソファに座っていた。

「いらっしゃいませ、お兄様」

ニコリと微笑みかけると、ルーフォスも穏やかに微笑み返す。

「メアリー、元気だったか？」

「昨日もお会いしましたよ」

ルーフォスは、「そうだったな」と咳払いをする。

「今日はどうされたのですか？」

「前にメアリーに頼まれた、遠くの者同士が話せる通信器具の話だ。魔導士たちに試作品を作らせたぞ」

ルーフォスはテーブルの上に、銀色のリングを置いた。

「ここを押せば、同じ器具を持った者同士が通話できる。メアリーが持っていたクリフ作のイヤリングがなければ、この試作品すらできなかった。やはり天才は頭の作りが違うな」

よほど大変だったのか、ルーフォスは深いため息をついた。

「ありがとうございます。お兄様ならきっと完成させられますわ。だって、私のお兄様ですもの」

ニッコリと微笑みかけると、ルーフォスはまんざらでもない顔をした。

「まぁ、そうだな」

このように、ルーフォスにいろいろお願いしては、メアリーは便利な道具を作ってもらっていた。

(ルーフォスって、結局のところ、真面目で優秀な人なのよね)

一緒になにかを作り出すには、とてもいい人材だった。

「お兄様、次は……」

「まだあるのか!?」

驚くルーフォスに、悲しそうな表情を浮かべて「ダメですか？」と聞くと、ルーフォスは頬を赤くする。

「くっ！　俺の妹が、可愛すぎる！」

ボソッと漏《も》れたルーフォスの独り言を、メアリーはいつものように聞こえないふりをした。

ルーフォスと別れると次の部屋に向かう。部屋に入った途端、真っ赤な髪色が視界に飛び込んできた。

「エイベル様、いらっしゃいませ」

メアリーが微笑みかけると、エイベルは「メアリー！」と無邪気に微笑み返した。

「会いたかったよ！」

「昨日もお会いしましたけど？」

「メアリーには毎日会いたい」

甘い言葉をメアリーは「そうですか」とサラッと流した。

「そういえば、また神殿に寄付をくださり、ありがとうございます」

エイベルは、この三年間でとんでもない金額を神殿に貢《みつ》いでいる。そのお金は有難く神殿や学校の運営に使わせてもらっていた。

(なんの見返りもないのにね)

エイベルは相変わらず好意を寄せてくれているが、メアリーは一切相手にしていない。エイベル曰く、『相手にされないのがまたいい』らしい。

（地位も名誉もあって、顔も性格もいい男性の考えることは、よくわからないわ）

ただ、エイベルが本当に楽しそうなので気にしないことにしている。

「ご用がなければ、私はこれで失礼しますね」

エイベルに背を向けると背後から「はぁ、このそっけない態度が、またクセになるんだよねぇ」

と、うっとりした声が聞こえてきたが、メアリーはいつものように聞こえないふりをした。

エイベルを残して廊下に出ると、メアリーはため息をつく。

（あと、二人……）

次の部屋には、カルヴァンが待っていた。ルーフォスやエイベルのように毎日は訪ねてこないのが、女性の扱いに慣れているカルヴァンらしい。

「お久しぶりです。カルヴァンお兄様」

ニッコリと微笑みかけると、カルヴァンも「久しいな、メアリー」と微笑んだ。

三十歳手前になったカルヴァンは、年齢を理由に騎士団長を退任して、今はハロルド王子の指示でメアリーが提案した『警察』という組織を作ろうとしていた。

（この国は、村を守るのは自警団。都市を守るのは警備団。王族の命令で国を守るのが騎士なのよね）

自警団や警備団はその土地の有志によって成り立っているため、村や都市によって人手が足りないこともあり、治安が良い場所と治安が悪い場所の差が激しくなってしまっている。

（警察ができれば、全体的に治安が良くなると思うんだけど……）

難しいことはわからないので、メアリーは提案するだけして、あとのことはハロルドとカルヴァンに任せてしまっている。

「お兄様、『警察』の発足の件はどうなっていますか？」

「なかなか難しいが、まぁ前には進んでいるよ」

そう笑うカルヴァンは少し疲れているように見えた。メアリーは、右手を伸ばすと、そっとカルヴァンの頭をなでる。

「お兄様、えらいえらい」

よしよしとなでると、カルヴァンは優しげに瞳を細めた。

「メアリーのおかげで、疲れが吹き飛んだ」

カルヴァンは、なでていたメアリーの手を握り「連れて帰りたいな」と色っぽくささやいてくる。

「お兄様は本当にお疲れですね。『お一人で』早く帰ってゆっくり寝てください」

そう言い残してメアリーは部屋を出た。

(はぁ……あと、一人……)

ラストはもちろん腹黒ハロルドだ。メアリーは重い気持ちで最後の部屋の扉を開いた。

そこには、三年の月日が経ち、よりいっそう美しくなったハロルドが佇《たたず》んでいた。

「この私を立ったまま待たせるのは、この国でメアリーだけだよ」

「申し訳ありません。空き部屋がここしかなくて」

本当は早く帰ってほしくて、わざと毎回、質素な部屋に案内している。

（それでも会いに来るんだから、まったく……）

ハロルドは優しい笑みを浮かべていた。とても嫌な予感がする。

「ねぇ、メアリー」

必死におびえを隠しながら、メアリーは「はい」と返事をした。

「私ももう結婚適齢期でね。毎日のように『せめて婚約者だけでも選んでくれ』と周りがうるさくて仕方ないんだ」

チラッと意味ありげな視線を向けられたので、メアリーは満面の笑みを浮かべてポンと手を叩いた。

「それはそれは！　では、国中から殿下の婚約者を募ってはいかがですか？　私も殿下のお相手探しのお手伝いをさせていただきますわ」

「へぇ……メアリーが手伝ってくれるんだ。それは嬉しいな」

笑顔を浮かべたハロルドからの圧がすごい。メアリーは急いで話題を変えた。

「ところで殿下。貴族だけの裁判ではなく、国民の誰でも利用できる裁判所の件、考えていただけましたか？」

「ああ、その案ね。面白いから、エイベルに任せようと思っているよ。最近、エイベルも使えるようになってきたし」

「ありがとうございます！」

「それで、さっきの婚約者の話に戻るけど……」

メアリーは「で、では、失礼いたします」とそそくさと部屋から出た。

(はぁ……疲れた)

窓の外を見れば、すっかり日は暮れて辺りは暗くなってしまっている。

(まだ起きてるかな?)

メアリーには、毎日行く場所がある。それは太い柱が立ち並び、その中心に女神像が置かれている場所よりさらに奥にある大神官の部屋だった。

扉をノックもせず、メアリーは静かに部屋の中に入る。

かつてはいつも座っていた椅子に、大神官の姿はない。部屋の奥に進むと、大神官はベッドに横たわっていた。

メアリーがそばに立つと、大神官はゆっくりとまぶたを開いた。

「メアリーかい?」

「はい、そうです」

メアリーが、床に両膝を突いて大神官のシワだらけの手を優しく包み込むと、大神官は微笑んだ。

「今日も一日ご苦労だったね」

「はい、お義父《とう》様」

大神官の養女になってから、メアリーは大神官のことを『父』と呼んだ。

「お義父《とう》様、お加減いかがですか?」

「うん、今日は気分が良いよ」

そう答える大神官の声は弱弱しい。

「メアリーは、今日はどんな一日だった？」

「はい、懐かしい友人が訪ねてきてくれました。あとは、いつもと変わらず充実した一日です」

「それは、良かった」

ゆっくりと瞬きをした大神官は、ふぅと息を吐いた。

「メアリーは聖女として、とてもよくやってくれている。私はとても誇らしい」

大神官のかさついた手が、震えながらメアリーの頬に触れた。

「私はメアリーのことを本当の娘だと思っているよ」

「お義父《とう》様……私もです」

嬉しくて胸が熱くなる。大神官の養女になってから、大神官はメアリーをとても大切にしてくれた。小さなことで褒めてくれて、困ったことがあればさりげなく導いてくれた。間違ったことをすれば、時には厳しく叱ってもくれた。

メアリーはそのたびに『これが本当の親子のあり方なのね』と何度も思った。子どもの頃からずっと欲しかった家族からの愛情を、この三年で大神官があふれるほどに注いでくれた。

「メアリー、また聖騎士たちが訪ねてきたんだって？」

「はい」

「誰かを好きになったりはしないのかい？」

「お義父《とう》様……私、聖女ですよ？」

あきれてそう言うと、大神官は小さく笑った。

「忘れたのかい？　私が愛した人も、聖女だったよ」

「そうでしたね」

二人で顔を見合わせて、微笑む。

「でも、お義父様《とう》。実は私は『聖女』とは名ばかりで、好意を持ってくださっている方たちをいいように利用する『悪女』なのです」

「なるほど、聖女で悪女、か。我が娘は頼もしいな」

話し疲れたのか、ゆっくりと目を閉じた大神官は、穏やかな寝息を立てはじめる。起こしてはいけないと思い、メアリーは静かにベッドを離れ部屋から出ていった。

一人になると、大神官の言葉を思い出した。

『誰かを好きになったりはしないのかい？』

今のところ、その予定はない。

(ないけど……)

『いつの日か、私も心から誰かを愛する日が、来るかもしれない』と、今のメアリーなら思えた。

「まぁ、それまでは、刺されない程度に利用させてもらいましょう。まだまだ、やりたいことはたくさんあるから」

悪女なメアリーは、今日も聖女のように儚げで美しい笑みを浮かべるのだった。

新＊感＊覚ファンタジー！

レジーナブックス Regina

レジーナブックス Regina

ワケありだけど幸せいっぱい!

天才になるはずだった幼女は最強パパに溺愛される

雪野《ゆきの》ゆきの
イラスト：くろでこ

目覚めると特殊部隊に拾われていた少女シロ。森で捨てられていたり、体がやせていたりと何か過去があるようだが、シロは記憶をすべてなくしていた。そんな彼女に特殊部隊の隊長ブレイクはパパと名乗り、彼女をとにかく甘やかし始める。最初は戸惑っていたシロもだんだんその幸せな生活に馴染んでいき——無自覚チート幼女と最強のパパが繰り広げるほっこり父娘ファンタジー！

詳しくは公式サイトにてご確認ください。

https://www.regina-books.com/

携帯サイトはこちらから！

シリーズ累計（電子含む）
90万部
突破!!
Regina COMICS
詐騎士
1〜10
SAGISHI
Presented by Kaitoko
Comic by Natsumi Asa
大好評
発売中!!
原作 かいとーこ
漫画 麻 菜摘
アルファポリスWebサイトにて
好評連載中!
詐騎士 10
かいとーこ 麻菜摘
誘拐されたり
竜を駆る!
90万部突破!!!
新感覚ファンタジー
コミカライズ!!
アルファポリス
新感覚ファンタジー
待望のコミカライズ!!
ある王国の新人騎士の中に、一人風変わりな少年がいた。傀儡術《かいらいじゅつ》という特殊な魔術で自らの身体を操り、女の子と間違えられがちな友人を常にフォローしている。しかし実は、その少年こそが女の子だった！　性別も、年齢も、身分も、余命すらも詐称。飄々《ひょうひょう》と空を飛び、仲間たちを振り回す――。そんな詐騎士《さぎし》ルゼの偽りだらけの騎士生活！
B6判／各定価：748円（10%税込）
アルファポリス 漫画
検索

この作品に対する皆様のご意見・ご感想をお待ちしております。

おハガキ・お手紙は以下の宛先にお送りください。

【宛先】

〒150-6008 東京都渋谷区恵比寿 4-20-3 恵比寿ｶﾞｰﾃﾞﾝﾌﾟﾚｲｽﾀﾜｰ 8F
（株）アルファポリス　書籍感想係

メールフォームでのご意見・ご感想は右のＱＲコードから、
あるいは以下のワードで検索をかけてください。

アルファポリス　書籍の感想　検索

ご感想はこちらから

本書は、「アルファポリス」（https://www.alphapolis.co.jp/）に掲載されていたものを、
改稿・加筆のうえ、書籍化したものです。

もうすぐ死ぬ悪女に転生してしまった
～生き残るために清楚系美女を演じていたら聖女に選ばれました～

来須みかん（くるす みかん）

2021年 12月 5日初版発行

編集－渡邉和音・森順子
編集長－倉持真理
発行者－梶本雄介
発行所－株式会社アルファポリス
〒150-6008 東京都渋谷区恵比寿4-20-3 恵比寿ｶﾞｰﾃﾞﾝﾌﾟﾚｲｽﾀﾜｰ8F
TEL 03-6277-1601（営業） 03-6277-1602（編集）
URL https://www.alphapolis.co.jp/
発売元－株式会社星雲社（共同出版社・流通責任出版社）
〒112-0005 東京都文京区水道1-3-30
TEL 03-3868-3275
装丁・本文イラスト－祀花よう子
装丁デザイン－AFTERGLOW
（レーベルフォーマットデザイン―ansyyqdesign）
印刷－中央精版印刷株式会社

価格はカバーに表示されてあります。

落丁乱丁の場合はアルファポリスまでご連絡ください。

送料は小社負担でお取り替えします。


ISBN978-4-434-29640-6 C0093